# うめももさくら

石田香織

朝日新聞出版

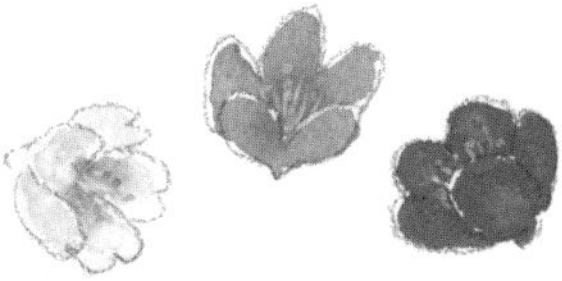

CONTENTS

UMEMOMOSAKURA

装画　朝倉世界一
装幀　田中久子

うめももさくら

# 第一章

# スナフキンのテント

ママのベッドの隣にある透明のプラスティックの囲いの付いたベビーベッドには生まれたての赤ちゃんが寝ている。焼きたてほわほわのコッペパンみたいな女の赤ちゃんだ。

『今朝3140グラムの焼きたてのコッペパンみたいな赤ちゃんが生まれました』と、ママは知り合いの人たちにメールを一斉送信した。

ママと赤ちゃんの父親の佐々木《ささき》君とはママが仕事帰りに立ち寄っていたおでん屋さんで出会った。一年ほど前のことだ。

その頃、ママは「オリエント運送」という小さな運送会社で事務の仕事をしていた。お中元シーズンになると、オリエント運送は目が回るほど忙しい。十人いる配達員と、ママと池《いけ》ちゃんの二人の事務員は昼ご飯を摂《と》ることもできないほどだ。

ママは同僚の池ちゃんと延々と書類の仕分けをして、荷物を配達地区ごとに整理し、他の支店にファックスをする。

三十歳になったばかりのママと、四十歳の池ちゃんとは年は離れているけど気が合う友だちだった。

ママはストレスがたまるとすぐに胃炎を起こし、痩せ型でひょろっと背が高い。それに引きかえ、ストレスがたまると食べ過ぎる小太りの池ちゃんはまんべんなく肉がついているころんとした体型で、マトリョーシカを思わせる。

朝起きて何げなくそこにある服を着てくるママとは違って、池ちゃんは毎日明るい色のスカートをはいて、トリートメントを欠かさないツヤのあるセミロングの髪にカチューシャをしている。

ベタベタの関西弁を話すママとは対照的に、美しい標準語を話す池ちゃんは関東出身かと思いきや、仙台出身だ。

「こっちの短大出て百貨店に就職した時、受付嬢だったのよ。標準語のレッスンうけたからイントネーションが治らないし、ついつい鼻濁音になっちゃうのよ。んが、んぎ、んぐ、んげ、んご。ね?」

ママが初めてオリエント運送に出勤した日、ランチを食べながら池ちゃんは少し得意げにそう言った。

池ちゃんが勤めていた百貨店は、バブル景気崩壊とともに倒産した。

百貨店勤務最後の日、蛍の光のメロディが流れる百貨店の前では別れを惜しむお客さんや報道陣が集まっていた。池ちゃんはそこで店長や同僚たちと並んで涙を流しながら、ゆっくりと閉まっていくシャッターの動きに合わせて最後のお辞儀をした。

池ちゃんは時々、その時のことを思い出しては胸がきゅーっと締めつけられた。

それは、短大を卒業してから七年勤めた愛着のあった百貨店がなくなってしまった喪失感とか、貯金もないのにいきなり失業した悲しさとか、そんなことだけではなく、たぶんあの瞬間、割れんばかりの拍手の中で舞台を去る大女優のようにお客様に頭を下げたことが、自分の人生のいちばんのハレではないかと思うからだ。

早く食い扶持《ぶち》を稼ごう、と思ってとりあえずオリエント運送に入社し、とりあえずのつもりが十年以上の歳月が過ぎた。毎日延々と荷物を仕分けしたり、書類にスタンプを押したり、ドライバーの手配をしたり、目を閉じていても仕事ができるほどベテランになったけど、これが何の役に立つんだろうと池ちゃんは時々考える。

伝票スタンプ押し選手権とかないかしら……たぶん私、全国大会に出られる。赤いはちまきして、支店長がメガホン持って応援してて……と想像して池ちゃんはひとりニヤッと笑った。

「池ちゃん何ニヤニヤしとるん？　また、片思いの相手のことでも考えてるんやろ？」とママが突っ込んだ。

妄想の話をしようと思ったが、あまりに馬鹿馬鹿しいので池ちゃんは「そ、そ」と適当に答えた。

昼になるとドライバーが事務所に帰って来て、二階の休憩室でさっと昼ご飯を食べ、またトラックに荷物を詰め込み飛び出していく。

「あれー？　僕の地区の伝票は？」トラックに乗りかけていた最古参のドライバーのタカギさんが事務所に引き返して来た。

「えー？　さっき渡したでしょう！　また失《な》くしたの？」

池ちゃんが立ち上がった勢いで、キャスター付きの灰色の椅子がキュルキュルと音を立てて滑り、真後ろにある書類棚にぶち当たった。

「おい、池田《いけだ》！　怪力で椅子を壊すなよぉ！」と支店長がからかったが、池ちゃんはそれを無視して「ここで渡したでしょう？」と事務所の入り口にあるカウンターに行って伝票を渡す真似《まね》をした。

「そう、僕ここで受け取った」

タカギさんも伝票を受け取る真似をする。

「で？　次どこいった？」

「あー、トイレ。おしっこ我慢しとってん。最近トイレ近くて夜中も起きるんや。僕も年取ったわ……」

「そんな情報いらない！　トイレね？　いくよ！」

池ちゃんが速足で事務所の二階にあるトイレに向かうと、タカギさんも後に続いた。

ママは伝票にハンコを突きながら目の端でその様子を見ていた。

「ほんま、介護士やな、池田は」と支店長が笑いながらパソコンをいじっている。

「あ、支店長、ハンコください」

支店長はパソコンから目を離さずに「あ、俺の引き出しにある」と動かない。

椅子に尻がくっついてんのかっ！　と心の中で突っ込みながらママは支店長の机の前に行く。

「あ、自分で引き出し開けて取って」

机から動かないままで支店長が言った。ママは支店長の横に回り込み、引き出しに手をかけたが、支店長の出っ張ったお腹《なか》がじゃまで開かない。

「開かないです」

「あ、腹へっこめるわ、いくでっ！」

支店長がひゅっと息を吸い込んで腹をひっこめたと同時にママが引き出しを引くと、少しだけ開いて、ハンコが見えた。素早く手を入れてハンコを取った瞬間「ふー！」と大きな溜息《ためいき》とともにまたふくらんだ腹に押された引き出しが勢いよく閉まる。ママは挟まれまいとして、あわてて手をひっこめた。

「もう！　手挟むとこやったじゃないですか！」

「はーい。みんなの手を挟まないためにダイエットがんばりま〜す」と抑揚のない声で支店長は言った。

自席に戻る時、チラッと支店長のパソコンに目をやると『みんなおつかれ！　お中元シーズン終了パーティーのおしらせ』という文字とジョッキにビールの泡がこんもりとしているイラストが見えた。

みんなが忙しい時に何やってんねん！

お中元シーズンは始まったばかりで、収束まではまだ一か月以上ある。仕事に参加する気がないのか、空気を読まない支店長にママは呆《あき》れかえった。

自席に戻り、書類の束に支店長のハンコを押しながらママは大きな溜息を吐《つ》いた。ま、どこの職場も似たようなもんだ。こんな職場でもサウナみたいな部屋であつあつのハンバーグをゴム手袋はめて真空パックするよりマシやで……。極寒の冷凍ルームに閉じ込められて凍ったハンバーグの仕分けをさせられることもない……。肉と油の匂いのする三畳しかない寮の部屋と工場を昼夜問わず行ったり来たりする訳じゃなし……。そっとお尻を撫《な》でてくる工場長もいない……。工場長の鼻の横の大きな黒子《ほくろ》からひょろりと伸びた毛をもう一生見ないですむんだし……。

高校卒業してすぐに就職したハンバーグ工場からオリエント運送に転職して六年、会社を辞めたいと思うたびにハンバーグ工場の地獄絵図を引き合いに出して、ここは天国なんやからと、ママは何とか気持ちを立て直していた。

「で、次どこにいったの？」と池ちゃんがドスドスと音を立てながら階段を降りて来た。タカギさんはトボトボと池ちゃんの後ろをついて歩いている。

「あっ、僕な、冷蔵庫からジュース取って飲んだ。僕、最近血糖値が下がりやすいからマメに糖分補給してるんねんけど」

「その話いらないっていってるでしょ！」と池ちゃんが事務所のすみっこに置いてある冷蔵庫に向かう。

「あった！　ほらぁ！　冷蔵庫の上に置いてある！」

池ちゃんが伝票のファイルでタカギさんをこづく真似をした。

「すまん、すまん。今度お礼に池ちゃんにメシでも奢《おご》らなあかんな！」と嬉《うれ》しそうに笑いながら、タカギさんはトラックへ走って行く。

「いらない！　お礼がしたいなら私をそっとしといて！　それが最大のお礼だよ！」

池ちゃんは顔をしかめながら叫んで仕事を再開した。

「あー、忙しい！　支店長、この時期だけでもバイトさん入れてちょうだいよ！」

池ちゃんは何度も支店長に懇願していたが、願いが聞き届けられることはなかった。

大手の運送会社の下請けをしているオリエント運送には、七月に入ったとたん湧き出るように荷物が増えていた。お中元シーズンは会社にとって大事な「かきいれどき」だと分かっていても苛立《いらだ》ちが募る。が、池ちゃんの苛立ちの原因は他にもある。池ちゃんお気に入りのやっさんがやっているおでん屋さんに早く行きたくて仕方がないのだ。

もともとスナックだった店を居抜きで借りているその店は、バーカウンターの前に緑のベロア生地のスツールが並んでいる。バーカウンターの後ろにはガラスのテーブルをコの字に囲んでスツールと共布の緑のソファーが置かれていた。

いかにも昭和のスナック的な内装の店に充満する鰹出汁《かつおだし》の香りがアンバランスだ。

「やっさんの『ぼくはねぇ』って話し出す時のあののんびりとした話しかた！　いいわぁ。癒されるわぁ。会社のバカ男たちにはない柔らかさがいいのよ」

池ちゃんは飲み会のチラシをせっせと作っている支店長にちらっと目をやった。

「うちの会社にも自分のこと『僕』っていうやつおるやん」

「だれ？」

「タカギさん」

「あんなじじいと一緒にしないで！」

池ちゃんは鼻息を荒くして伝票にスタンプを押した。池ちゃんの想《おも》い人であるおでん屋さんのマスターのやっさんはいかにも板前風の角刈りに、京都訛《なま》り、目尻に皺《しわ》を寄せて人懐つこい笑顔を見せる青年で、池ちゃん曰《いわ》く「高倉健《たかくらけん》から任侠《にんきょう》をとった感じですてき」らしい。

池ちゃんは近場に自分のアイドルを見付けるのがうまい。

「駅前のパン屋にジョニー・デップに醬油《しょうゆ》をたらした感じのかわいい子がいる」

「本屋の店員がトヨエツに似てていいのよ。トヨエツをさらにきりっとさせた感じで、あ、武士になったトヨエツって感じ」としばらくその店に通い詰める。

任侠をとられた高倉健は注文を受けてから丁寧にお皿を戸棚から取り、箸とお玉を使って壊れもののように鍋から大根を取り出して皿に入れて、赤ちゃんに産湯をかけるようにそっと出汁をかけ、「はい、おまたせしました」とカウンターに静かに皿を置く。

ママはやっさんの、のんびりとした仕事ぶりにイラッときたが、池ちゃんは「あれはのんびりじゃないの。はんなりよ」とうっとりとしている。

確かにあんなにのんびりした男は運送会社の中にはいない。いたら「ぼくのトラックはどこですかぁ?」とか呑気《のんき》なことを言って、池ちゃんに怒鳴り散らされるタイプだろうけど。

池ちゃんはほとんど毎日おでん屋さんに寄り、カウンターに頬づえをついて、上目遣いでやっさんを眺めながら、売上に協力したい！　とおでんをひたすら食べているが、京都男は一向にそれに気が付く気配がない。

池ちゃんに誘われてママも週に二回ほどはおでん屋さんにお供していた。

そこにいたのが赤ちゃんのお父さんの佐々木君だった。

佐々木君はやっさんの友人でアルバイトとして店を手伝っていたが、忙しい時以外はカウンターに座ってビールを飲んでいた。

「ぼくたちね、大学でいっしょでね。佐々木君は地方から出てきて下宿してて、ぼくは実家暮らしやったから、佐々木君がぼくの家によおご飯食べにきててね。震災の時、こっちに住んでたぼくの叔父さんに呼ばれてボランティアにきて、そのまま居ついたんよ。あの時、軽トラ乗って京都からくるんに丸二日かかっててん。ボランティア終わった後でな、ぼくはもともと料理でこっちに仕事決まってたからここにおるんやけど……そういえば佐々木君がどうして京都に帰らへんかったんかは知らんわぁ」

やっさんがおでんをゆっくりとよそいながら言った。

「ほんとだ、なんで帰らなかったの？」

池ちゃんが聞いた。

「べつに理由ないけど……京都は大学があるから住んでただけで……ま、確かに言われてみれば京都に帰る選択肢もあったのかな……うーん、たぶん、帰るの忘れてたって感じかな」

佐々木君は屈託なくそう答えた。

「キミが言うからにはそうなんやろなぁ」とやっさんはカウンター越しに佐々木君を眺めて、嬉しそうに笑っていた。

ふたりは震災の時に京都からボランティアでこの街に来て、それ以来街に居ついているらしい。地方出身の佐々木君は親と縁を切っているらしく、本人曰く、天涯孤独らしい。やっさんは「キミが大人になる気がないから親御さんも愛想尽かしはったんよ」と渋い顔をしていた。

「佐々木君は自由人でどこでも寝られるんやて。ぼくの叔父さんの家の裏山にテント張って暮らしはってん」

「えー、何それー、スナフキンだー」

池ちゃんが手を叩《たた》いて笑った。

「俺スナフキンになりたかったんかな？　だから京都にも実家にも帰らなかったのかなあ？」

佐々木君がわざと目を丸くしてママに聞いた。

「知らんやん、自分のことが分からんっておかしいやろ？　仕事しとん？」

「いや、ここ手伝ったり、やっさんの叔父さんの雑用したりしてお小遣いもらってる」

「それって、無職やろ？」

「え、だって、それで食っていけてるから」

「あんた、年いくつなん？」

「三十歳」

「同い年やんっ！　ええ年こいたおっさんがスナフキンて、あほみたい」

ママはウーロンハイを飲みながら白けた声を上げたが、池ちゃんは「スナフキ〜ン、かんぱーい」とカシスオレンジを飲みながら笑い転げた。

「そうか、俺は、なにも持たない生活をしたかった可能性があるな、それかぁ」

佐々木君はなんだか嬉しそうにそう言った。

「スナフキン！　スナフキン！」

手を叩いて喜ぶ池ちゃんを尻目に、ママはええ歳《とし》して情けない佐々木君をまったく笑えなかった。

家に帰ってベッドに横になっても、ママの頭の中にはまだ佐々木君への不快感がもやもやと漂っていた。

「にゃ」

ママの相棒のサビ猫のダイズがピョンとベッドに飛び乗ってきた。ママの頬に冷たく湿った鼻をすりすりと押し付けると、ママも挨拶を返すようにダイズの小さな頬に自分の頬をぐりぐりと押し付けた。愛用の布団を天日干ししたみたいな、使い古しなのに新鮮な匂いにふーっと身体《からだ》から力が抜ける。

ダイズはママが一人暮らしを始めた頃、公園の入り口でひとりぼっちで震えているところをうっかり連れて帰ってきてしまった猫だ。ママのワンルームマンションはペット禁止だから、だれか貰《もら》い手がないかと探しているうちにダイズはどんどん大きくなった。ひとりと一匹はお互いのぬくもりを共有する内にいつしか家族になっていた。ママはダイズの温かく柔らかい身体を優しく撫でながら「今日、めっちゃ不愉快な男に会ってん」とつぶやいた。

「私と同じ時間生きてて、あんなに呑気に生きてるってよっぽどのあほやろ、な、ダイズ」

ダイズは何も答えずに目を閉じてゴロゴロと喉を鳴らした。

「あー！　終わらない！　今日もやっさんの店に行けないわぁ！」と池ちゃんが叫んだ。

机の上には他の支店から届いたファックスが山のように積みあげられている。

「こっちは終わりそうやから、手伝おうか？」

ママがパソコンの画面に目を置いたまま言った。

「だめだめ、もう、何がなんだかわからないから、人に引き継げる段階じゃない。それより私の代わりにおでん屋さん行ってきて！　おねがいっ！」

「なんでやねん」

「偵察っ。私が行ってない間にやっさんに変な女付いてないか確認してきて！」

池ちゃんより変な女おらんやろ。と思いながらも、ママは自分の仕事が終わると自販機でオロナミンCを買い、ファックス用紙と格闘する池ちゃんの机の隅に置いて「じゃ、おさき。おでん屋さん行って来る」と池ちゃんの肩を叩いた。

「え、行ってくれるの？　パトロールよろしくっ！」

池ちゃんは弾んだ声でママを送り出した。

おでん屋さんに行くと客はスナフキン佐々木以外にいなかった。

「ひさしぶりやねぇ」

やっさんが間の抜けたイントネーションで言って、おしぼりをくれた。

「お中元シーズンで仕事が忙しくて」

「ほんまにぃ。それは大変やったねぇ。あ、いつものおつれさんは？」

「彼女、仕事が終わらなくて」

「ぼくねえ、昨日気が付いたんやけど、最近おでんが減らへんのん、あのひとが来おへんからやわあ」とマスターは笑った。

これは明日、池ちゃんに報告せねば！　とママは少し嬉しかった。

「おつかれ！　今日はひとりなんや」

カウンターの隅にいたスナフキン佐々木が立ち上がり、ママの隣に移動して声をかけてくる。

「見てわかるやろ。私、疲れてるからひっそり飲ませて」とママが憎まれ口を叩くと、

「へいへい、それは失礼しました」と佐々木君はカウンターの隅に戻って行った。

それでよし、というふうに頷《うなず》いたママはビールを飲み干した。疲れた身体にしみる。

ふとカウンターの隅の佐々木君に目をやると、佐々木君の目から涙がポトリと落ちるのが見えた。佐々木君はさっと服の袖で涙を拭う。

げ、スナフキン佐々木、泣いてる。

見てはいけないものを見た気がして、ママはさり気なく目をそらした。

表情ひとつ変えずに服の袖口でカウンターに落ちた涙を拭ったスナフキン佐々木の横顔が胸に深くこびりついたし、冷たくしたことを少し反省した。

ママは翌日もひとりでおでん屋さんに寄った。

「おつかれ」

ママはドキドキしながら佐々木君に話しかけた。

「おつかれさん」

いつも通りの佐々木君だった。

「この前さ、テントに帰ろうとしたら、イノシシに会っちゃってさ。あ？　こんな時どうすんだ！　って俺パニックになってさ。死んだふりはちがうでしょ？　あれは熊だろ？」

陽気に話しかけてくる佐々木君に相槌《あいづち》をうちながら、ノー天気な佐々木君と昨日見た静かな涙にぐらぐら心が揺れて、ママは佐々木君と話しながらお酒をたくさん飲んだ。

そして、気が付いたらママは佐々木君のテントにいた。

佐々木君の腰の動きに合わせてスイッガチャ、スイッガチャと聞いたことがない音を立ててテントが揺れると、天井に糸でつるされた紙製の黄色い小鳥もゆらゆらと揺れた。

翌朝蒸し暑いテントの中でママは目覚めた。酷《ひど》い二日酔いで身体が鉛のように重かった。テントの中に佐々木君はおらず、這《は》いながら外に出ると佐々木君がテントの前の小さな赤い折り畳みの椅子に座っていた。

むせかえるような草いきれがする。

「めっちゃ気分悪い」

しゃがれた声でママが言った。

「飲みすぎだよ」

佐々木君が簡易コンロで沸かした湯を紙コップに注ぎ、ママに手渡した。

「お湯？　コーヒーとかないん？」

「ないよ、そんなの」

「うわ、めっちゃ蚊がおる」

ママが自分の足をぴしゃぴしゃ叩きながら白湯《さゆ》を冷ましていると、また佐々木君の目から涙がポトリとこぼれた。

　ママは胸がきゅっと締め付けられた。

　佐々木君は袖で涙を拭いながらママの視線に気が付いて、「ああ、ドライアイで涙腺が異常でさ、勝手に涙がでるんだ」と言った。

「は？　なにそれ！　勝手にだまされた！」

　ママは涙のわけに啞然《あぜん》としながら白湯を飲んだ。

　その日のうちに、佐々木君はママのワンルームマンションに転がり込んで来た。

「ワンルームマンションってテントより広いな」とつまらない感想を言う佐々木君を部屋の端で警戒していたダイズは翌日、ママが仕事から帰ると佐々木君の前に大の字に寝そべって腹を撫でさせていた。

「さすが動物どうしやん。通じるもんがあるんやな」とママは感心した。

　妊娠に気が付いたのはそれから二か月後だ。

　妊娠を知った佐々木君はえらく喜んだ。

　超音波検査の写真をコンビニで買った使い捨てカメラで撮影する佐々木君の嬉しそうな顔を見て、ママは佐々木君と子育てするのも良いかもしれない、と思った。

　佐々木君はやっさんの叔父さんの紹介でソーラー電池の営業を始めた。六点セット一万九千円で買ったスーツを着て満員電車に揺られる姿は、それなりに社会に溶け込んで見えた。スナフキン佐々木にしてはかなりのジャンプアップだった。

赤ちゃんはきっちり予定日に生まれてきたが、その予定日に佐々木君は仕事帰りに酒を飲んで帰って来た。

ママが「おしるしが出たから、病院に電話したら来てくれって。今、タクシー呼んだから」と入院用品を入れた黒のボストンバッグを持って玄関で靴を履いていた時、佐々木君はトイレから「オゲーッ！」と嘔吐《おうと》をしながら返事らしい声を上げた。

「佐々木君行ける？」

「オゲー！」

トイレから聞こえる佐々木君の悶絶《もんぜつ》にママは大きな溜息を吐いた。

「ひとりで行っとくで」

「オゲー！」

「それって、ＯＫってこと？」

「オゲー！」

「もうしらんわっ！　勝手にしてっ」

ママはひとりで黒のボストンバッグを抱えて、マンションの階段を降りた。佐々木君がいざという時に役に立ってくれるなんて、期待はしていなかったはずだけど腹が立って仕方がなかった。

やっぱり酒飲んできたのか。飲まないって言ったくせに。ひとりでいくのか。小さな不安が湧いてきた。

マンションの下には、屋根に『個人』と書かれた黄色い丸い行灯《あんどん》を付けたタクシーがチカチカとハザードランプを点滅させて止まっている。

「おまたせしました」

ママはよっこらしょと乗り込んだ。

「佐々木様ですね？　どちらまで？」

フワフワパーマ風の髪を肩に垂らした、黒ぶち丸眼鏡のおじさんが上半身を捩《よ》じって後部座席を振り向いた。肩に垂らした髪がふわんと揺れた。

「ヤマダ産婦人科まで」

「あれ、今から？」

運転手はお腹の前に手をやって、くるくると円を描いた。

「そうなんっす」

「今の時間、国道空《す》いてるから十五分で着くわ。あそこね、うちの嫁もお産したけど、産んだ当日はお祝いのフランス料理がでるよ、あ」

運転手はいきなり車を降り、トランクから何かを取り出すとフワフワの髪を揺らしながらいそいそと小走りで再び車に乗り込んだ。

「おまたせしました〜。これね、リラックスミュージックのカセットやねん。トランクに入れとってよかったわ〜」

ガチャリと運転手がカーステレオにカセットを差し込むと、優しいオルゴールの音が聞こえてきた。

「では、ヤマダ産婦人科へ安産運転で参りますっ」

運転手は気取った声でそう告げて、車を発進させた。

ママはお腹をさすりながら窓の外に等間隔で現れる街灯を眺めていた。

これ、なんっていう曲だっけ。

タータタタタ……ああ、ＹＭＣＡや。どこがリラックスやねん。

お腹ぜんぜん痛くない。ほんまに生まれるんやろか？　病院ついたとたん、「まだ生まれません」って家に帰されたりしたら、タクシー代もったいないな。

陽気なＹＭＣＡのオルゴールバージョンが終わり、次の曲がかかる。

タタッタッタッタタタタター、タタッタッタッタタタタター……

懐かしい。なんやったっけ、これ。たしか子供の頃、青年団の若者たちが盆踊りで踊っていたやつや。

「ハーハーハービュリフォーサーンデー」

運転手が小声で歌い出した。

あ、思い出した。ビューティフル・サンデーや。

「きょうは、すばー、すばー、すばー、すばらしいサーンデー」

ママも囁《ささや》くような声で一緒に歌う。

そうや！　昔の女の人はたったひとり、洞窟とかで赤ん坊を生んでたはずや！　私にもできる！　っていつの時代やねんっ！　と自分で自分に突っ込みをいれながら、ママは小声で歌う。

「きっと、だーだーだーだれかがぼーくをー」

「おうおう、まーまーまーおうまってるー」

フワフワ髪の運転手と妊婦はふたりして小声で合唱しながら、病院に到着した。

運転手は車を降りて「がんばって」と見送ってくれた。

「いっちょ、かましてきますっ！」とママは勇ましく、救急入り口から病院に入って行った。マンションの階段を降りながら湧いてきた小さな不安はもう消えていた。

病院について診察を受けている時に破水して、それから六時間後に赤ちゃんは生まれてきた。

「初産にしては安産よ〜」と助産師さんたちがママを褒めてくれた。

とにかく佐々木君に報告しなければ。

病室に戻ったママは、ベッドに寝転んだまま携帯電話を耳にあてて、佐々木君に電話をかけた。

「今日、満ち潮が夕方六時だ」

電話に出るなり佐々木君は興奮した口調でそう言った。

「なに、それ」

「やっさんがさ、生命の誕生は潮の満ち引きに関係してるって言ってたから、調べてみた」

「だからなんなん」

「だから赤ちゃんは夕方生まれる」

「生まれた」

「あ?」

「生まれた。よろしく」

自分の人生で一番の武勇伝『出産』を語るために電話したのに、佐々木君の呑気な発言にママは何も語る気がなくなり電話を切った。

しばらくぼんやりと天井を眺めていたママは、また携帯電話で誰かに電話をかけた。

「はい」

電話に出た相手の、事務的な声色に、瞬時にママはその人に電話をしたことを後悔した。

「わたし」

「ああ、なに?」

「赤ちゃん生まれたから」

「ああ、そう」

少しの沈黙のあと、その人は「病院に行ってあげましょうか?」と言った。

『行ってあげましょうか?』

その人は何気なくそう言った。どこにでもある、普通の会話だ。

でもママは語尾に「?」が付く質問には反射的に「大丈夫」と答えてしまう人だ。可愛《かわい》げのなさはピカイチだと思う。

「大丈夫」

ママはこの時も、いつものようにそう言った。

「そう。なにか用事があったら電話して?」

ピカイチに可愛げのない女は、警察か消防以外にSOSの電話なんかしない。

電話口のその人は、ママのお母さんだった。ママが生まれた時からママのことを知っていても、その人はママがどういう人間なのかを知らない。いや、知ろうとしないだけ、とママは思っている。ママにはお母さんに抱きしめられたり、遊んだり、一緒に何かをした記憶はない。お母さんに触れた僅かな記憶は三歳の時のものだ。

冬の寒い日で、保育園の帰りだった。手を繋《つな》ごうと、少し前を歩くお母さんの手に触れた瞬間、まだ小さかったママの手を「冷たいっ」とお母さんが振り払った。

「冷たい手で触られるのが嫌いなの、何度も言ってるじゃない」

お母さんはそう言って、深い溜息をママの頭の上に落とした。

薄暗い冬の夕暮れで、灯《とも》ったばかりの街灯の明かりがアスファルトに白い影を落とし、細長い人のようなシルエットを作っていた。ヒールで歩くお母さんの赤いコートの裾、ひまわり保育園と書かれた黄色い通園カバン、熊の絵があしらわれたつま先に泥のついた自分の靴。

一瞬触れた、お母さんの温かい手の感触と寂しい冬の夕暮れを歩く心細さの記憶は、ママの頭の中では同じ箱に入っている。

ママのお母さんはサプリメントの販売員で、ママが小さい時から自宅に大量の在庫を抱え、いろんなところを飛び回って売っていた。

店舗は持たずに、人づてに売り歩く販売方法で、マンションの一部屋には山のように色とりどりのサプリメントの箱と、カラフルなパンフレットが置かれていた。

ママが幼い頃、友だちの家に遊びに行くと、ママのお母さんは大きなカバンを抱えて必ずついて来た。ママが友だちと遊んでいる間、お母さんは大きなカバンの中からサプリメントを出してテーブルの上に広げた。

「これね？　ビール酵母。最初に出会ったサプリメントなの。うちの娘、食が細い上に胃腸が弱くてね？　なんとかしてやりたいと思って、いろいろ探してたらこれに出会ったのよ。毎日飲んで、今じゃ好き嫌いなく何でも食べてくれるわ。お試しで飲んでみて？　初回は半額になるの」

それはセールストークで、ママはサプリメントを飲んだことはなかった。

ママのお母さんはそんなふうに、出会う人出会う人だれかれかまわず、声高にサプリメントを売り込んだ。

そのうち、ママは近所の子供たちから避けられるようになった。

「あんたのお母さんが薬を無理やり買わすから、あんたと遊んだらあかんねんて。やっかいや、ってうちのお母さん言うてた」

わざわざ教えてくれた子がいて、ママは心底傷ついた。

「みんなが遊んでくれへんのは、お母さんのせいや！　もうサプリメント売らんといて！　恥ずかしいやん！」

泣きながら必死で抗議するママに「あいつら、ほんとうにバカ」とお母さんは鼻で笑った。

「こんな辺鄙《へんぴ》なところに住んでるやつらに、このサプリの良さは分からへんのよ。欧米で三十年の歴史がある会社が作ってるものなんよ？　こっちは親切で勧めてあげてるのに低俗なやつら。遊ばないって言ってるなら、遊ぶ必要はないでしょ？」

「じゃ、私、誰と遊べばいいん？　お友だちいらんから、妹生んでよ。妹と一緒に遊ぶから」

ママの訴えにお母さんは呆れた顔で、

「嫌よ。子供なんか一人で充分。もう生むわけがないでしょ」

と吐き捨てた。

「じゃ、わたし、ずっと、ずっとひとりぼっちやん」

しゃくりあげながら訴えるママに、お母さんは「もう、あなた、また意味の分からないこと言って。ひとりぼっちの何が悪いの？　人は所詮みんなひとりよ。ぬりえもお絵描きもひとりで楽しめるじゃない」と言った。

お母さんと話すと、ママは決して動かないコンクリートの壁を力いっぱい押し続けたように、無力感にまみれ疲れ果てる。幼心にママは『この目の前の人間は私の立場に立つつもりはないんや』というようなことを悟った。

それからママは友だちと家の行き来はせず、外でだけ遊ぶようにして、お母さんには一切友だちの話をしないようにしたし、お母さんもサプリメントを売るために飛び回り、娘についてはほとんど関知しなかった。

ママが小学校高学年になると、お母さんは仕事場として借りたというマンションで寝泊まりするようになり、ますます娘に関心がなくなったように見えた。時々帰ってきたかと思えば、マンションの前に駐車した車の中には仕事のパートナーだというスーツ姿のおじさんが待っており、用件を済ませるとそそくさと車に乗り込み、スーツ姿のおじさんと一緒に帰って行った。

高校を卒業して家を出てから、ママはなるべくお母さんと関係しないで暮らしている。なのに、つい、こうやって電話をしたり、盆と正月くらいはと会いに行ったりしてしまう。そのたびに、まるで分かり合えないことを確認しにいっているようで、侘《わび》しさだけが残った。

「べっちょない」

頭の中で懐かしい播州弁が聞こえた。ママが高校三年生の頃に死んだ播州生まれのお父さんの口ぐせで、『大丈夫』という意味合いの言葉だ。

「べっちょない、なるようにしかならん」

ママの心の中で、お父さんは海の見えるベランダでお日様を浴び、風に吹かれながら煙草《たばこ》を吸っている。

「べっちょない」

ママは小さくつぶやいて、携帯電話を枕の下に押し込めて目を閉じた。

ママの生まれ育った家は、人工島にできた高層マンション群の一番海側にある棟の一室だった。ベランダからは町と人工島を繋ぐモノレールの高架、その向こうに広がるだだっ広い駐車場、その先の緑や赤茶色のコンテナボックスがずらっと並んだ港、そして一番向こう側に海が見えた。

小さい頃、ママはベランダで煙草を吸うお父さんを見るのが好きだった。

ママのお父さんは練り物工場の警備員で、まる二日仕事して、まる一日休んで家に居て、またまる二日帰って来なかった。ママが生まれた時に、五十歳を過ぎていたお父さんは「年には勝てんなあ」も口ぐせで、休日の大半を家の中で寝て過ごしていた。

「煙草おいしい?」

「いーや、まずい」

「じゃ、なんで吸ってるん?」

「ふーって、息を吐くためや」

お父さんはそう言って、気持ちよさそうに煙草の煙を吐く。

「この街はな、もともと海やったんやで」

お父さんが陽射《ひざ》しに目を細めながら言った。

「山を削ってな、大きいクレーンでここに削った山を運んで海を埋めて地面を作ったんや。父さんがここの埋め立て工事したんやで。事故で足いわすまで、五年くらいやっとった」

人工島を作る工事の途中で事故に遭った話を、お父さんは何度もママに聞かせた。

道路にコンクリートを流す仕事をしていたお父さんは、昼休憩の時に、道路わきに植樹したばかりの木に登った。木はお父さんの重みに耐えられなかったのか、根元からボキッと折れてお父さんをくっつけたまま道路にどさっと倒れたらしい。お父さんの足には木の枝が深く刺さり、お父さんは足に枝を刺したまま救急搬送された。

「あれは……なんやったんやろなぁ。天気のええ日で、植わったばっかりの木の葉っぱがお日さんに照らされて綺麗《きれい》でな。ああ、もうすぐ、町ができるんやなぁ、って晴れ晴れしい気持ちでな。俺はこの町で一番に木登りした男になろうって思ったんや。魔がさしたっちゅーやつやなぁ。あの木には悪いことしたわ」

傷は完治したが、お父さんの右足には後遺症が残り、死ぬまでお父さんは右足を少し引きずって歩いていた。

「埋め立てのために削ったお山はどうなったん？」

「そりゃあ、跡形もなく消えたで」

「そしたら、お山におった動物たちはどこにいったん？　熊とかイノシシとかリスとか」

「そりゃ、海の中に決まってるやん。熊もイノシシもリスも虫もみんな、みんなお山と一緒に海の中に沈んだんやで」

「そんなん、かわいそうやん！　おとうさん、なんでそんなかわいそうなことしたん！」

お父さんの言葉にママはかなりショックを受けて、泣き出しそうな声を上げた。

「そやで、かわいそうなんや。でも新しいもんを作るちゅーことは、今まであった古いもんに泣いてもらうっちゅーことや。古いもんはあわぶくを口や鼻からぶくぶくぷくぷくと出しながら沈められて、おばけになる運命なんや」

「じゃ、リスとイノシシと熊のおばけが前の海におるん?」

「残念やけど、そうや。だから港には絶対に近づいたらあかん」

お父さんは神妙な顔をして頷き、小さなママはしくしくと泣き出した。

ママの頭の中に海の底にぶくぶくと沈んでいくリスやら熊のキョトンとした顔がくっきりと浮かんだ。いきなり海に放り込まれて、みんなキョトンと驚いた顔をするしかなかったろう、とママは悲しかった。

それから、ママは極力海に目をやらず過ごした。

モノレールの高架と駐車場の間には錆《さ》びた有刺鉄線の張り巡らされた水色のフェンスがあり、それを越えて駐車場に侵入し港に行くことは難しく、友だちと一緒に何度かフェンスの前に行ってみたことはあるけれど、その、所々塗装が剝げて土ぼこりにまみれたフェンスを登ってまでおばけだらけの敷地に入る気持ちにはならなかった。それでもフェンスを越えてコンテナボックスに近づいたり、港に入り込む子供がいてたびたび問題にはなった。

小学校の全校集会で朝礼台に立った校長先生が「みなさん、港のコンテナは外国からやってきたものです。日本人に免疫のない菌や、危険な害虫が付着している恐れがあるのです。絶対に近づかないようにして下さい！」と厳しい声を上げる。

ママは足がいっぱいあって、尖《とが》った尻尾に毒針を持った虫を想像して身震いした。

「俺、しょっちゅう港に入ってるで、変わった虫いっぱいみたで。おまえもいくか？」

同じマンションのカズキ君がママにこそっと耳打ちをした。黒目がちの瞳の大きな、いがぐり頭の男の子だ。

「いやや」

ママがそっけなく言うと「ほんま、おまえおもんないわ」とカズキ君がママを睨《にら》んだ。

男子たちは、何でそんな怖い所にわざわざ行くんや、意味がわからん。しかも海には動物の幽霊がいっぱいおるのに……。そう思っていたママだったが、小学四年生の時「私たちの街」という授業で人工島を作る工程を習い、動物たちが海の中にはいないと知った。

その日、学校から帰ったママは、ランドセルも下ろさずにベランダに出た。

久しぶりにちゃんと眺めた海はお日様の光を受けてきらきらと輝いていた。

あそこから広い広い世界に繋がってるなんてほんとかな。ママはその日、生まれて初めて海を見たような気持ちだった。

それからママは毎日ベランダから海を眺め、その日あった出来事を海に話して聞かせた。

波が白く光りさざめいたり、強い風に黒くうねったり、お日様の光を映しながら音もなく凪《な》いでいたり。

ママのつぶやきが落っこちる海はいつも静かで、それでいてとても雄弁だった。


酷い二日酔いだった佐々木君が病院へ現れたのは、赤ちゃんが生まれてからまる二日たってからだった。

佐々木君は髭面《ひげづら》で眠そうな顔をしていた。

「仕事は?」

「休んだ。うちの会社、産休取れるんだ」

「何で? あんたが産休取る必要ないやん! 働けよっ」

「有休扱いなんだから、いいじゃん」

そんな会話の後でいきなり佐々木君が「この子に名前を付けるのはやめる」と言い出した。

「親が子供に勝手に名前を付けるのは間違ってるって、昨日おでん屋でやっさんと池ちゃんとで盛り上がってさ。なんか、俺、もの凄《すご》く納得した」

とにかく、佐々木君は赤ちゃんに名前を付けるのを渋っている、ということだけがママには分かった。

「また、何を言い出すん。酔っぱらってるん?」

「いや、今日も呑《の》んではいるけど酔ってはない。名前って自分の人生を象徴する大切なものだろ？　それを俺たちみたいなものが勝手に決めていいのか？　って、昨日やっさんと話してて思い付いてさ」

「……はいはい。わかった、わかった。まだ出生届の締め切りには十日以上あるし、ぼちぼち決めたらええやん」

ママは佐々木君の酔いに任せた突飛な思い付きをいつものことと相手にせず、赤ちゃんの小さな鼻を眺めて、この鼻は私に似てるなと微笑《ほほえ》んだ。

「どんな名前もこの子にほんまにふさわしいとは思えなくって」

佐々木君はまだブツブツ言っている。

「やっさんとそんなつまらん議論してる暇があったら、さっさとこの子の顔見に来たら良かったのに」

赤ちゃんが生まれる前、コピー用紙に「佐々木綺羅美」「佐々木美嶺心」「佐々木亜蘭恋」と名前の候補を書いている佐々木君に「何て読むの？」とママが質問すると、「それはまだ決めてない」と返事をされて呆れていたママは、まだこいつのあほさ加減には伸びしろがあったか！　と感心した。

「名前っちゅーものは、自分の人生にふさわしいものを自分が選べばいいんだ！　って結論が出た」

「じゃ、この子が名前を自分で付けるまで、あんたはこの子を何て呼ぶつもり?」

「ん?　……あかちゃん?」

「……あんた、名前考えるのがめんどくさくなっただけやろ!」

佐々木君はキョトンとした顔をして、「まじ?　俺、そうなの?」と首を傾《かし》げた。

「ふざけてるんかっ!　帰れ!」

佐々木君を怒鳴りつけて追い返したあと、ママはどよーんと暗い気持ちになった。

どうしてあいつはふつーに『名付け事典』とか見ながら、和気あいあいと名前を決めることができないんだと腹が立つ。

夜になって、池ちゃんがママの病室に顔を出した。

「かわいいねえ、ほんとにホカホカのコッペパンだ」

池ちゃんは赤ちゃんの頰《ほ》っぺたをぷにぷにと突《つつ》いて微笑んだ。

「佐々木君がさ、赤ちゃんの名前付けないとか何とか馬鹿なこと言うねん」

ママは溜息を吐いた。

「あー、昨日おでん屋で言ってた」

「人が痛い思いして生んだのに何のんきなこと言ってんの、あいつ」

「まー、しかたないよ。スナフキンだもん。テントから出て、スーツ着てソーラー電池売ってるんでしょ?　えらいじゃん」

当然慰めてくれると思った池ちゃんが佐々木君の肩を持って、ママはムッと顔をしかめた。

「ぜんぜん、えらくないやろ」

「でもねぇ、佐々木君のテントにあんたが住むことだってできたんじゃない？」

池ちゃんはいつもの、百貨店で鍛えた良く通る声で言った。

「無理やわ。そんなところで子供を育てるわけにはいかんやろ」

「それはあんたの勝手な考えでしょ？　五郎《ごろう》さんだってさ、水道もない小屋で立派に子供二人育てたんだよ？　しかもふたりともちゃんと大人になったよ？」

「だれ、その五郎さんって？」

「黒板《くろいた》五郎」

「だから、だれ？」

「知らない？　北の国から」

「……北の国から……ドラマやんかっ」

不機嫌になったママをよそに、池ちゃんはまだ話し続けた。

「佐々木君は人魚姫みたいなもんで、あんたと子供のために陸に上がってきたんだよ。自由っていう美声を捨ててさ。それって愛じゃん、愛」

池ちゃんはママを励ましたつもりのようで、終始にこやかに過ごし、思い存分赤ちゃんの頬っぺたを突っついてから帰って行った。

ママは消灯後、常夜灯の光の下、ベッドに横になってうつらうつらしては、ふにゃふにゃと泣き始める赤ちゃんを抱っこしておっぱいを飲ませたり、おしめを替えてみたりして、またうつらうつらと眠る。

明け方になって、ふにゃふにゃ泣き出した赤ちゃんにおっぱいをあげながら、ママはふと悲しくなった。

名前を付けないって、なんでそんな意味わからんこと言うんよ、あいつ。

はらはらと涙がこぼれ落ちる。

そもそもなんであんな男と結婚してんの、私。

一度泣きはじめると、それまでのいろんな悲しくてやるせないことが押し寄せてきてどんどん涙が出てくる。

二十三歳から付き合ってた久保《くぼ》君、二十五歳のクリスマスに私の他にも付き合ってる女がいることが分かって「浮気してたんっ!」って問い詰めたら、「浮気やない。あっちが本命やから。俺はお前と浮気してるねん」って言われたよな。あれがショックで、男なんかいらん、ひとりで生きて行こうって決めたんのに。

そうや、十六歳の時、高校の佐藤《さとう》先生にバレンタインチョコを渡したら「先生は先生やから生徒からチョコはもらえんな」って言うたくせに、同じクラスの吉岡《よしおか》さんに手を出して淫行教師って新聞に載ったやん。私のチョコは受け取らんかったくせに、吉岡さんとはセックスしたんよ。

五歳の時、保育園の誕生日会で同じ組のカズキ君がポテトフライを鼻に突っ込んで鼻の奥にポテトが詰まって病院に運ばれて、誕生会が中断されたな。一年の中で唯一主役になれる日やったのに……ママは今まで起こった悲しいことを残らず全部思い出して、とにかく泣いた。

そしたら隣のベッドのチンさんがママのベッドの傍らにきて、何やら中国語とおぼしき言葉で話しかけてティッシュをくれた。

チンさんはママと同じく、一昨日《おととい》子供を生んだ中国人っぽい人だ。

ママの入院していた産婦人科は完全母乳育児を目指していて、おっぱいしかあげてはいけない決まりだった。生まれた初日、ママの母乳が少ししか出なくて、赤ちゃんは夜中お腹を空かせて泣いてしかたがない。

隣のベッドのチンさんの赤ちゃんもそれは同じだったらしく、元気な泣き声が病室に響いていた。夜中になるとチンさんはいきなり部屋を出て行ったかと思うと、二十分ほどしてコンビニの袋を手に帰ってきた。

しばらくして、ママのベッドにチンさんがやって来て、

「ドウゾ」

とママに携帯用の個包装の粉ミルクを手渡した。

「ああ、ありがとう。でもミルク飲ませたらあかんみたいやで」

分かったのか分かっていないのか、とにかくチンさんはニコリと笑って自分のベッドに戻っていった。

チンさんは勝手に粉ミルクを作り赤ちゃんに飲ませたが、すぐに看護師さんに見つかり取り上げられた。チンさんは不満そうに何やら抗議してわめいていた。

そんなツワモノのチンさんのくれたティッシュでママは鼻をかんだ。

このティッシュめっちゃ柔らかい。一箱二百九十八円するカシミヤタッチのやつやん。こんな時までお金のことを考えるなんて私、根っからの貧乏性やっ！　とまた涙が出る。

チンさんは耳触りの良い、中国語とおぼしき言葉で何やら話し続ける。ママは言葉は分からなかったけど、励ましてくれてるのかしらと顔を上げると、チンさんも泣いていた。

ふたりでしくしく泣いていると、年配の看護師さんが入って来て「あらあ」と声を上げた。

「ほらほら、チンさん、検温するからベッドに戻って」

看護師さんは軽い口調で言い、ママの手からサッと赤ちゃんを取り上げてトントンと背中を叩き、ゲップをさせてベビーベッドに寝かせた。

「はいはい、涙ふいて、ふいて」

チンさんのカシミヤタッチティッシュを箱から惜しげもなくサッサッと取り出した看護師さんは、ティッシュをママの頬にポンポンとあてて涙を拭いた後で「鼻かんで」と渡した。

それからベッドに座ってまだベソをかいているチンさんにもティッシュを渡すと、「ホルモン、ホルモン！」とチンさんの背中をぽんぽんと叩いた。

「子供が生まれるのも、おっぱいが出るのも、悲しくなるのも、惨めな気持ちも、ぜーんぶホルモン。ホルモン、ホルモン！　ホルモンのイタズラやからね〜」

看護師さんは歌うように言って、病室のカーテンをシャーッと開けた。

春の朝日と一緒に、病院の庭に咲いてる桜がママの目に飛び込んできた。

薄ピンクの桜がはらりと風に舞っている。ママは思わず立ち上がって窓の外を覗《のぞ》き見た。桜の花びらで埋め尽くされたコンクリートの地面が白くぼんやりと光っていた。

「はい、佐々木さん寝転んで。熱計るね〜」

看護師さんはママをベッドに寝かせると脇に体温計を挟む。

「私も若い時よう泣いててん。それやのに今、何があってもぜんせん涙出えへんねん。へっちゃらぴーやで。涙腺詰まってる？　って疑うわ。ま、それもホルモンのイタズラやから、私らに太刀打ちできへん。佐々木さんは三十六度七分。平熱やね。赤ちゃんが寝てる間にちょっと眠ったほうがええよ」

そうか。かわいいコッペパンが生まれたのも、今悲しくてたまらないのも、ぜんぶぜんぶホルモンのイタズラか。

ママはベッドに横になり目を閉じた。看護師さんが布団をかけ直してくれる気配に、小さな子供の頃に感じたようなくすぐったい気持ちになって、ママはストンと眠りに落ちた。

退院の朝、病室まで迎えにきた佐々木君はきれいに髭を剃っていたが、慌てていたのか、頬の所々に猫に引っかかれたようなカミソリ負けの跡があった。

「べつにこんでええのに、きたんや」

「そりゃ、くるだろ」

荷物をまとめるママを佐々木君は部屋の隅で所在なげに見ていた。

「酒飲んでない？」

「うん。飲んでない。家に掃除機もかけたし」

「ふーん」

ジーッ！　と勢い良く音をたててジッパーを閉めたママは「よっこらしょっ」とボストンバッグを肩にかついだ。

「私が荷物持つから、あんたは赤ちゃん抱いて帰って」

先に病室を出たママの後ろに佐々木君はついて来ない。

「早くきてや」

病室を覗くとベビーベッドの前で佐々木君が手を出したり、ひっこめたりしていた。

「なにやってるん?」

「いや、赤ちゃんがふにゃふにゃで、どうやって持つのか……」

「もぉーーー」

ママは溜息まじりで赤ちゃんをヒョイと抱っこすると佐々木君の腕にそっと置いた。

「えー、怖いよ、カバンと代えろよ」とオロオロする佐々木君を無視して、ママは病院に来た時のように、堂々とした足取りで、磨き上げられたリノリウムの廊下を歩いて行った。

外へ出たママを病室の窓から見えていた桜の花が出迎えてくれた。柔らかく降り積もった花びらの絨毯《じゅうたん》。

「佐々木君、その子の名前『さくら』っていうねんで」

ママは赤ちゃんを恐る恐る抱きながらついてくる佐々木君を振り返り「ってことでよろしく」と親指を立てた。


「こんなに小さい手なのに大人と同じように爪があるよ」

「毛が少ないけどちゃんと生えてくるの?」

「さくらが指を口の中に入れてるけど大丈夫かな?　自分の指で窒息しない?」

佐々木君は仕事から帰ってくるとベビーベッドで眠るさくらを眺めては、小さな子供のようにママに報告してくる。

細切れの睡眠で疲れ果てていたママは、佐々木君の言葉に「べっちょない、べっちょない！」とだけ答えた。

「べっちょないってどういう意味？」佐々木君が聞いた。

「私のお父さんの口ぐせやってん。お父さんが育った田舎の言葉で『大丈夫、心配ない』ってこと」

「そうか……おまえといたら俺もきっと、『べっちょない』気がする」

「なんじゃやそれ」

佐々木君はさくらを抱きあげて愛《いと》おしそうに頰ずりした。

佐々木君はソーラー電池の営業を頑張っていたが、出来高制の給料は手取りで十万円のこともあれば、二十万円のこともあって不安定極まりない。さくらが誕生したのを機に、家賃がそこそこする３ＬＤＫのファミリータイプマンションに引っ越したことをママはとても後悔していた。

毎月給料日が近くなるとママは憂鬱になる。

「今月はいくらありそう？」ママはなるべく何気ない声色で佐々木君に質問した。

「さあ、どうかなぁ」佐々木君も何気ない声色で答えた。

ママは毎日さくらを抱っこ紐《ひも》で抱えて買い物に出かける。見下ろすと、胸の上にさくらの肌色の地肌が覗く髪の少ない頭皮が見えた。

夕飯は何にしようか。とりあえず節約や。

ママはお肉コーナーで一番値が安い鶏《とり》の胸肉を選んで籠に入れ、醤油の棚の前で立ち止まった。

国産丸大豆しょうゆ二百九十八円。濃い口しょうゆ百九十八円。お徳用濃い口しょうゆ百五十八円。

ママはお徳用醤油を籠に入れる。

ドラッグストアでオムツを買う。

オムツの棚の前でママは少しのあいだ立ち尽くす。

今日もマミーポコが一番安いな……。でもパンパースが一番肌触りがええ気がするねんなぁ。まあ、でも穿《は》いて汚して捨てるんやからマミーポコでええわ。せつやく、せつやく。

一番安いオムツを手に取った瞬間、後ろからひょいっと出てきた手がパンパースを取った。

ええなあ、あんた。躊躇《ちゆうちよ》なくパンパース買えて。旦那の仕事は何？　それとも育休手当が貰えるような仕事に就いてんの？

パンパースを手にレジへ向かう見知らぬ背中に向かって、ママは心の中で問いかけた。

「大きくなったねぇ。もうコッペパンじゃないねぇ。肉まん？」

池ちゃんは手慣れた様子でさくらを抱いている。

「いや、中身は肉じゃないねぇ……あんこっぽい。うん。このこ、今、あんまんだ、あんまん」

「なんでやねん！　あー、久しぶりに大人と話したわ〜、池ちゃんのレベルでもめっちゃ面白く聞こえる」

ママは笑い転げた。

「どうして、佐々木君がいるじゃない」

「いや、あいつ毎日夜中に帰って来て、朝早いし、休みになると一日中寝てるし」

「そっか。がんばってるんだ」

「さあ、どうかな。給料が安定せんし、生活が苦しくて困ってるで。必死で節約してる。この前さ、ドラッグストアでオムツ買う時、いっつも買う一番安いオムツ手に取ってん。そしたら横におった人がひょいっと手出してさ、躊躇なく一番高いオムツ取ってんで！」

「で？」

「え、だってさ、穿いて汚れて捨てるもんやで？　一番節約せなあかんとこやん。それをさ、その人、一番高いもん買うんやで？　その人の旦那、仕事なにしとんやろ？　節約せんでええくらい稼いでんねんやろな」

池ちゃんは返事をしないで腑《ふ》に落ちない顔をして、ママを眺めていた。ママはその視線に気が付いた。

「なに？」

「いや、なんか」

「なに？」

「いいじゃん、好きなオムツ買えば？　だって、ちがうっつっても何百円でしょ？」

「そうやで」

「なんでそんなことにこだわるの？」

淡々とした池ちゃんの口調にママは馬鹿にされたように感じて、ムカッと腹が立った。

「だって、その数百円にこだわるのが節約やん！」

「それってさ、ただ節約に取り憑《つ》かれてるって感じ。そんなにお金がないって不安がんなくても、今の日本で知恵のある大人が餓死したりしないじゃん。どうしてイライラしながら暮らしてるの？　旦那も子供も手に入れたじゃん。去年の自分が予想もしていなかった幸福の中にいるのに」

こうふく。

ママは池ちゃんの言葉に絶句した。

「それって、仕事してないせいだよ。ただ相方の経済状態に振り回されてるから不安なだけでしよ」

池ちゃんが放ったその言葉に折れかかった心を隠すために、ママはまだ濡《ぬ》れてないさくらのオムツを取り替えた。

そもそも、今、仕事する選択肢なんかないやん、誰がさくらの子守をしてくれるん……。

その頃のママはさくらが泣く、おっぱいを飲ませる、さくらが泣く、オムツを替える、さくらが泣く、おっぱいを飲ませる、さくらが泣く、オムツを替えるの連続で一日が構成されていた。そこにオプションで沐浴《もくよく》や買い物や家事がくっついてくる。

夜中さくらがむずかろうとぐっすり眠ったままの佐々木君を横目で睨み、おっぱいを飲ませ、やっと寝てくれたと思い横になるとまた泣き始める……。

一緒に暮らす佐々木君でさえ、しょせん部外者なのだと感じる。誰からも「仕事」と認識されないことに二十四時間体制で振り回され、心身ともに疲弊してゆく実感は当事者でないと理解できない、ということだけをママは理解した。

たった数か月の間に、自分がとても遠い所にきてしまった気がして寂しかった。そして何よりもまったく悪気ない、いつもの池ちゃんの口調がその寂しさに拍車をかけた。

その夜、いつもはさくらが寝ると一緒に寝てしまうママは、眠れずにじっと暗闇を見つめていた。

カチャン。

パタン。

小さな音がした。

ママがそっと布団を出てキッチンにむかうと、佐々木君が電気も点《つ》けずに冷蔵庫を開けていた。

「あ、悪い。起こした？」

「ううん、起きとった」

「そっか」

佐々木君は牛乳を出して、食器棚からマグカップを出した。

「なあ、私、一番安いオムツ買ってるねんけど、何でやとおもう？」

ママが声を潜めて聞いた。

「節約でしょ？」

佐々木君も声を潜めて答えた。

「うん」

「俺の給料が不安定だからなぁ」

「うん。正解」

「俺、もうちょっと頑張るから」

佐々木君は悪びれずそう言って、牛乳をマグカップに注いだ。うす暗い台所に牛乳を注ぐみずみずしい音が響いた。

「あっためよ」

ママは佐々木君のマグカップを取ってレンジに入れる。ママと佐々木君は台所で二人並んでレンジを眺めていた。

オレンジ色の光の中で青いマグカップに描かれた黒猫が現れては消えて、また現れる。チン。

ママはレンジを開けてマグカップを取り出し、佐々木君に渡した。

「あちっ」

「ふーふーして飲みな」

佐々木君はマグカップに息を吹きかけて、ゆっくりと牛乳をすすった。

ママは台所で立ったまま牛乳を飲む佐々木君をしばらく眺めて、さくらの寝ている寝室に戻った。

そっと布団に入って、眠っているさくらの顔を眺める。

への字に下がった眉毛、めっちゃ佐々木君に似とる。寝る時に薄目開いてるのもそっくりや。

ママは込み上げてくる笑いを堪《こら》えながら、さくらの眉毛を柔らかく撫でて眠りについた。

ママはさくらが一歳になると保育園へ預け、働こうと決めた。オリエント運送は、休んでいる間にもう代わりの人が雇われていて、ママの帰る場所はなかった。

ママは片っ端から面接を受けたが、片っ端から落っこちて、やっと見つけた会社で事務職として働くことになった。

そこそこ大きな企業の庶務で、有休は年二十日あるし、残業もほとんどない。オフィスは市の中心地の駅前にあって通勤もしやすく、オリエント運送よりも働きやすいかもしれないな、とママは思った。

家事も子育ても、主にママが忙しくこなしたが、時々佐々木君も活躍することがあった。さくらが熱を出した時ママと佐々木君で救急病院へ連れて行ったり、ママが熱を出した時に佐々木君がさくらの保育園の送り迎えをしたり、休みの日にさくらを公園へ連れ出してくれたり。そのつどママは「あんたもたまには役に立つやん、たまにはな」と佐々木君をからかった。

さくらが年長さんになった頃、ママのお腹に二人目の赤ちゃんがやってきた。

「さくちゃんな、来年の春になったらお姉ちゃんになるし、小学生にもなるし、忙しいねん」

さくらは会う人、会う人、みんなに自慢してまわる。への字眉と抜けた前歯が何ともいい具合にマッチして、さくらはひょうきんな顔つきの女の子になっていた。

保育園から家に帰ると、まずはランドセルを背負う。

しっかりとした造りの、革のランドセルは職人の手作りで、茶色の艶やかな革のカブセ(蓋の表面)には、さくらの誕生花の桜の刺繍《ししゅう》があり、蓋の裏には「佐々木さくら」と名前の刺繍が入っている。注文してから手元に届くまで二年はかかる代物だった。

「ママ、さくちゃんは小学校いってくるよ」

さくらは玄関に向かい、家を出て行く真似をする。

六歳児の背中には大きすぎるランドセルを意気揚々と背負う姿は、何度見ても微笑ましいものだった。

「いったいその遊び、何回やるねん」

笑いながらママはキッチンで野菜炒《いた》めを作る。

「ママ、パパは何時にかえってくるん?」

「さあね」

「パパにさくちゃんのランドセル見せたいねん。何時にかえってくるん?」

「うーん、また、さくちゃんが寝た後やろな」

野菜炒めをお皿に移しながらママは気のない返事をした。最近、佐々木君は毎日終電で帰って来る。

「会社全体的に業績が悪いから、みんなでがんばってるんだ。俺だけ早く帰るわけにはいかないだろ」佐々木君はそう言うが、ママは浮気でもしているんじゃないかと、少し疑っていた。

「佐々木君、女おるかもしれん」

ママは洗い物をしながら、会社帰りにさくらのランドセルを見に来た池ちゃんに愚痴をこぼした。

「佐々木君が女遊び？　それって風俗に行ってる、みたいなやつ？」

池ちゃんは食器を洗うママを眺めながら大きな声を出した。

「いやいや、ちゃうよ。あいつ毎日終電で帰ってくるんやで？　どっかに愛人でもおるんちゃうかなって……その女の家に入り浸ってるかも……」

ママは居間のテレビの前に座り込みテレビを見ているさくらに目をやり、小声で言った。

「佐々木君に愛人なんて、ないわよ、絶対」

池ちゃんがランドセルを背負いながら言った。ランドセルの肩ベルトが池ちゃんのふくよかな肘の辺りでつっかえて、ランドセルは池ちゃんの背中に斜めになってぶら下がっている。

「さくちゃん、見て〜！　私も一年生になろっかな〜」

「池ちゃん似合ってないで、おかしいっ」

さくらがぴょんぴょん飛び跳ねて喜んでいる。

池ちゃんはさくらにランドセルを返しながら「このランドセル、ママに勧めたの私だよ？　センスいいでしょ？　感謝してよ」と得意げに顎を上げた。

「池ちゃんが勝手に注文したやつめっちゃ高いやんって、ママ怒ってたで」

さくらはそう言ってランドセルを背負い、またテレビの前にちょこんと座った。

「いいの、ランドセルは一生に一回の大きい買い物でしょ！　あんた、相変わらず貧乏性ねぇ」

池ちゃんがケラケラと声を立てて笑う。

「貧乏性じゃなくて、貧乏なんです」

ママはその笑いを受けずに、真面目くさって言った。

「そりゃ失礼。でもさ、それは佐々木君も一緒でしょ？　お金ないのにどーやって浮気するの？」

「まー、確かにお金はないけど……」

「でしょ？　あんなイケてないおっさんに、お金出してまで付き合ってくれる女はいないよ？　あんたならお金出す？　あれに」

「いや」

「それか、凄く床上手とか？　佐々木君は超絶なテクニシャンで、女がその技の虜《とりこ》になってるとか？」

「いや、ない！　あれに金は出さん！　一円たりとも出さん！」

最近、くすんだ顔色でくたびれた中年ぶりが半端ない佐々木君を思い浮かべ、ママはきっぱりと即答した。

「当然だよ、ありえない、絶対」

池ちゃんは勝手に冷蔵庫を開けて麦茶を取り、グラスに注ぎぐびぐびと飲んだ。


その日、いつものように先に起きたのはさくらだった。

妊娠のせいだろう、ずっと眠たくてしかたないママは、さくらが寝息を立てはじめたのと同時に眠った。

「ママ、ポッターかけて」

さくらがママを揺り起こす。まだ夜明け前だった。

「さくちゃん、まだ起きる時間ちゃうで」

「ポッターみたいもん」

「ポッターもまだ寝てるわ」

布団を頭からかぶったママの上に、さくらがどかっと乗っかった。

「ポッターはＤＶＤやから寝ないやろ！」

さすがにもう騙《だま》されへんよな！　六歳児、めんどくせー！

「チッ！」ママが舌打ちして起き上がると「ママ、チッ！　ってしたらお行儀わるいんやろ。あかんやん」とさくらも立ち上がった。

「さくらさん、おぎょうぎわるいことしてすいませんでしたぁ」

ママはろれつが回らない声で言いながら、毛布を手に持ち寝室の襖《ふすま》をあけて居間へ行く。

さくらが後からついてきた。

テレビを点けてＤＶＤレコーダのスイッチを入れると、映画のテーマソングが流れる。ポッターとは「ハリー・ポッター」という、魔法使いを描いたアメリカ映画のことで、さくらはこのハリー・ポッター少年が大好きだ。さくらは魔法の世界にどっぷりとハマっていて、休日には公園で空を飛ぶ練習をしていた。ママの家には竹ぼうきがないので、さくらは平たい穂先に柄がピンク色のプラスティックのほうきにまたがり公園を走り回ったり飛び跳ねたりして、ママはベンチに腰掛け、日が暮れるまでさくらの魔女修業を眺めていた。

さくらが体育座りをしてじーっと画面に見入っている隣で、ママは毛布にくるまり横になる。

あー、あと一時間眠ろう。目を閉じた瞬間、違和感に気がついた。

「あれ?」

ママは立ち上がり襖の向こうを覗き込んだ。

佐々木君の布団はからっぽで、昨夜敷いたままの姿でそこにあった。

「さくちゃん、パパがおらんわ」

ママの声が強張《こわば》っている。朝帰りなんて、一度もしたことがない。

何かあったんかな。事故? 何かのトラブルか? ママがドキドキしながら携帯を見ると佐々木君からメールがきていた。

『終電に乗り遅れました。ファミレスで時間を潰して朝帰ります』とある。

なんや、無事か。

ホッとすると同時になんだか腹が立ってきて、ママは佐々木君に電話をした。

「もしもーし」

佐々木君のいつもどおりの呑気そうな声に、ママは苛立ちながら「なにしとん?」とぶっきらぼうに言った。

「終電乗り遅れてさ、始発に乗るために駅に向かってるとこだから」

「わかった」

ママはホッとして、またさくらの隣に寝転んだ。目を閉じてもまんじりともできない。

なんやねん、目が覚めてもたやん。

ママは寝転んだまま、さくらの小さい背中越しにテレビ画面を眺めていた。

「ママ、あのぼうしほしい？」

テレビ画面の中では主人公の男の子がおしゃべりする魔法の帽子を被《かぶ》っている。

「あー、魔法の帽子？　いらん」

「なんで、あの帽子、いろんなこと知ってて教えてくれるで」

「頭の上でべらべら喋《しゃべ》られたら気持ち悪いやん。もぞもぞして頭がかゆいで」

「さくちゃんはあの帽子ほしいねん。お腹の赤ちゃん、女の子ですか？　男の子ですか？って聞くねん」

「帽子なくても来月の健診でわかるやん、魔法より科学や。科学万歳」

ぴぴぴぴぴぴぴぴぴ。

六時を知らせる目覚ましが鳴った。

くそっ、もっと寝たかったのに。ママは床に大の字になって寝転び、目を閉じて気絶したふりをした。

しばらくそうしていたが、さくらが気が付く気配もなく、

「おっしゃっ！　今日もかますでっ！」とママは毛布から出て、キッチンに向かって朝の支度をはじめた。

それから、佐々木君は毎日朝帰りするようになった。朝帰って来たかと思えばシャワーを浴びて出て行く。そして、休みの日は一日中、布団から出てこなくなった。

ママは朝、さくらを保育園に送り、会社に向かい、仕事をして、保育園にさくらを迎えにいき、夕飯の買い物をして夕飯を作って食べさせてお風呂に入る。さくらを寝かしつけて気が付くと朝がきて、また保育園にさくらを送って会社に向かった。

休みの日には、寝ている佐々木君を睨みつけて、さくらを公園に連れていく。

あと三か月。そしたら産休取れるんやから、もう一息や。

赤ちゃんが生まれたら、きっと何かが変わる。二児のパパになれば佐々木君にだって何か変化が起こるかもしれない。ママは心の中で何度もそう繰り返して自分を鼓舞していた。

「ママ、なんかお話作って」

「じゃあ、さくらちゃんと自転車」

「ピンクの自転車、がいい」

「じゃあ、さくらちゃんとピンクの自転車」

豆電球の薄明かりの下でさくらがニコッと笑顔になった。

ママのでたらめの話を聞きながら、さくらがすっと眠りに落ちるとママは強烈な眠気に襲われる。

寝たらあかん。洗い物しなあかん、顔に化粧水つけたい、さくらの通園カバンのワッペンが剝がれかけてるから縫ってやらなあかん……。

はっと気が付くと、まだ明けていない部屋の中に佐々木君がいた。

「帰ってたん?」

ママは寝ぼけた声で言いながら、枕元の携帯を手繰り寄せ時間を見た。まだ四時だった。あと二時間眠れる、と安堵《あんど》する。

佐々木君は、ママとさくらの布団と並べて敷かれている自分の布団の上に、コートも脱がずにへたり込んでいる。

「俺はさ、毎日ここに帰ってきたいと思ってるんだよ」

佐々木君はかすれた声でそう言った。

「わかったから、もう寝て」

「いや、きいて」

「明日にしてよ、眠いねん」

ママは布団に潜り込み、目を閉じた。佐々木君はかまわず話し続ける。

「俺さ、早い時間に会社出ようと思っても、どうしても身体が動かなくて……終電ギリギリの時間になってやっと会社出て、終電に乗り込むんだ……電車に乗ってあと少しで駅ってところで、意識がなくなって気が付いたら終点でさ。もう電車ない時間だろ？　でもさ、俺、家に帰ろうとしてさ、家の方向に、東向きに、歩くんだ。冬だし、夜中だし、凄く寒いだろ。がたがた震えながらコンビニでチューハイ買って。一番アルコール濃度の高いヤツ探してさ。それちょびちょび飲みながら歩いてたら、ちょっと暖かくて」

ママは布団の中で大きな溜息を吐いて耳をふさいだ。

「一時間くらい歩いてたらさ、ああ、もう無理だ、これ以上歩けないってなってさ、目についたファミレスとかスナックに入るんだ。俺さ、なるべく東に向いて座ってんだよ。せめて家の方角に向いてようって思ってさ。今日、長い時間歩いたんだぞ、運よくヒッチハイクできたから帰って来れたんだ」

どんなに耳をふさいでも、終点から家までの六十キロほどの道のりを徒歩とヒッチハイクで帰って来たという佐々木君の武勇伝が聞こえてくる。

「チッ」

舌打ちしてママは身体を起こし、佐々木君の顔を見た。

「いったい、何が言いたいん？」

佐々木君もママの目を見て「俺、毎日ここで、この布団の上で寝たいんだ」と訴えた。

叱られた後の小さな子供のような、ママにすがるような眼差《まなざ》しだった。

「知らんやん。そんなん簡単やんか、早う帰ってきたらええだけやん」

「それが……できないから……」

佐々木君は少しずつ絞り出すように続ける。

「おれ、マジで、しんけんに……こまってる」

「困ってるんは私や。なあ、ほんまは浮気してるんちゃうの？　女のとこ行ってるんちゃう？」

佐々木君は首を横にふってうなだれた。

「うん……おれ、そっちのほうがいい」

「私も、そっちのほうがすっきりする」

「おれ、このままだと、ほんとにかえってこれなくなるだろ。たのむから、たのむから、おれをたすけてくれ」

佐々木君はボンッと布団につっぷして、それきり何も言わず目を閉じた。

「ポッターかけて」

さくらが目を開けた。

ママは布団から起き上がり、佐々木君に毛布を掛けた。コートのまま、佐々木君はイビキをかいている。

襖を開けて、さくらと居間に入りＤＶＤをかけた。眼鏡の男の子がほうきに乗って空を飛んでいる。

　ママは体育座りのさくらの隣に横になり、小さな足の指を一本一本確かめながら撫でて、鼻を啜《すす》った。

「ママ、泣いてる？　ポッターがほうきから落ちたから？」

「そう、ポッターがほうきから落ちたから」

「ママ、大丈夫よぉ、ポッターは魔法使いやから死なへんよぉ」

　さくらが自分より小さな子供に語り掛けるような優しい口調で言って、ママの手をさする。

「そやな、全部、全部、魔法で解決できるもんな」

「魔法はすごいで」

「魔法、欲しいなぁ、誰か魔法かけてくれへんかなぁ」

　ママはまた鼻を啜って、目を閉じた。

　お腹の中で魚が跳ねるように、くるりと赤ちゃんが動いた。


　そして、佐々木君は本当に家に帰って来なくなった。

「オキヤクサマノオカケニナッタデンワハデンゲンガハイッテイナイカデンパノトドカナイトコロニイルタメカカリマセン」

　ママが何度も佐々木君の携帯に電話しても、機械的なガイダンスが流れるばかりだった。

二日後、佐々木君の会社から佐々木君が会社に来ていないとママに電話があったが、ママはただ謝るしかなかった。

あいつ、何してんねん。また終電乗り遅れて寒空の中で凍死したか？　警察に届けたほうがええんかな。

ママは佐々木君を心配しつつ、日常のするべきことをこなしていた。

三日経《た》っても、四日経っても、佐々木君から連絡はない。

まさか、ほんまにどっかで行き倒れてる？　ママはおでん屋さんのやっさんに電話をかけた。

「あれ、ひさしぶりやねぇ」

柔らかいやっさんの話し方を聞いて、ママは懐かしさで胸がつまった。

「佐々木君が行方不明やねんけど、なんか知らん？」

「テントにいやはるで」

「え」

やっさんのあっさりしたもの言いに、ママは拍子抜けした。

「あれぇ、あのひと、奥さんに言うてはらへんの？」

「うん。どっかで野垂れ死んだのかと思ったわ」

「そんなはずないやん。あれは殺したって死なん男やわ」

くくく、と電話のむこうでやっさんがおかしそうに笑った。

電話を切ったママは「行き倒れになって連絡できへんかったんやったら許したろ思ってたのに、あいつどつきまわしたる！」と叫んだ。

「さくちゃん、暖《あ》ったかくして！　出かけるで！」

ママはさくらにジャンパーを着せて手袋をさせ、首元をマフラーでグルグル巻きにした。

ママもセーターの上にコートを着込み、ポケットに財布を入れ、懐中電灯を持ってマンションの階段を降り、呼んであったタクシーに乗り込む。

「ママ、どこいくん？」

「冒険やで」

「やった！」

タクシーの後部座席で、ママはさくらと手を繫ぎ、ジッと外の暗い景色を眺めていた。

街灯の明かりがぐんぐん後ろに流れていく。

やっさんの叔父さんの家の前にタクシーを待たせて、さくらと手を繫ぎ、裏山に向かう。

「ママ、ここ暗いなぁ」

「冒険、冒険」

懐中電灯で照らしながら草と土がデコボコする田舎道を、ゆっくりと歩く。

「こわいなぁ。おばけきそう」

さくらがママの手をギュッと握りしめた。

「おばけなんかきたら、ママがガブッて嚙《か》みついたるわ。おばけよりママのほうが強いで」

ママもさくらの手をギュッと握り返した。

「熊とママやったらどっちが強いん？」

「ママ」

「宇宙人とママは？」

「ママ」

「妖怪とママは？」

「ママ」

「ママ勝ちすぎやんっ」

さくらがおかしくてたまらない、というふうにコロコロと笑った。

「何がおもろいん」

そう言いながら、ママも一緒になって笑う。

暗闇の中にいきなり灯《あか》りが現れて、ママの足が止まった。さくらも一緒に立ち止まりママを見上げたが、ママのこわばった顔を見ておしゃべりしてはいけない気がして、黙ってママの足にしがみついた。

ママとさくらの目の先には佐々木君のテントがあった。

そのテントはさくらが生まれる前と、全く同じ場所に、同じようにそこにあった。

何も変わっていなかった。何も。何も。

柔らかく暖かく灯りが点《とも》るテント。あそこで今、佐々木君がひとりでまどろんでいる。

天井につるされた、黄色い紙の小鳥が微《かす》かに揺れるのを眺めている佐々木君の、安心しきった顔をママは想った。

ママとさくらは、白い息を吐きながら、暗闇の中でテントを眺めて立ち尽くしていた。

「ママ……まっくらなとこにおったら、オオカミくるで。おうちにかえろう」

さくらのか細い声に、ママは我に返った。

「うん。おうちにかえろう」

ママとさくらはしっかりと手を繋いで、暗い道をタクシーに向かって歩いた。

「ふたりで冒険したなぁ。ポッターみたいにかっこええなぁ」

さくらがはしゃいだ声を上げた。

ママのお腹の中で赤ちゃんがくるりと動いた。

第二章

# 暮れの日々

十二時になると節電のために蛍光灯が消される事務所は、窓から入る光だけが頼りで、薄暗く静かだ。作業途中のファイルや文具が無造作にのった事務机が、静かに主《あるじ》たちの帰りを待っている。

昼休みには、みんな社外や休憩室で昼食を摂るために事務所を出て行くが、極力じっとしていたいママは、デスクから一歩も動かずに、家から持って来たおにぎりを食べるのが日課になっていた。

ママはおにぎりを食べながらうつらうつらと船を漕《こ》ぐ。はっと気が付くと、シャツがご飯粒だらけになっている。

「佐々木さん、食べるか寝るかどっちかにしたら」

隣の席で、ママと同じ理由で持って来たお弁当を食べていた山根《やまね》君が笑った。山根君は難聴で、ママと同じ庶務課に障害者枠で勤務している青年だ。補聴器を付けていると、ほとんど業務に差しさわりはないし、日常会話もできる。

さくらが一歳の頃に入社してからママは、定時までに必死で仕事を仕上げ、さくらの保育園のお迎えに間に合うように職場を出ていく。そんな慌ただしい毎日で、同僚とお茶を飲みに行ったり、忘年会や新年会に顔を出すこともほとんどなく、隣の席の山根君が唯一軽口を叩ける同僚だった。

「妊娠してからさ、眠くて仕方ないねん。ホルモンのせいやわ」

ママがシャツのご飯粒をとりながらつぶやくと、山根君はこくりと頷いてみせ、ニコッと笑顔を作った。

今度は、その山根君の仕草にママが吹き出した。

「また聞こえへんかったから愛想笑いしとるやろっ」

ママがはっきりと山根君の顔を見て話すと、山根君は『ああ』という顔をしてから「またバレた」と笑った。

山根君は相手の言葉を聞き取れなかった時、愛想笑いで切り抜ける癖がある。五年間机を並べて仕事をしているママは、とっくにそれを見抜いていてたびたびからかった。本人曰く「いちいち聞き返してたらきりがないし、だれもちゃんと聞こえてるかどうかなんて気にしてない」らしい。

社内で一番最初にママの離婚を知ったのは山根君だった。

離婚して、引っ越しの決まったママが会社に提出する転居届を書いていると、それを目にした山根君が「え、引っ越しすんの?」と声をかけた。

その時も昼休みで、事務所には山根君とママしかいなかった。

「うん。来月産休入ったらすぐするねん。離婚したから」

ママが答えると、山根君はお決まりの愛想笑いをした。聞こえてないんだと思って、今度は山根君の顔を見て「離婚したの」と言った。

山根君は一瞬笑顔を作ったが、すぐに真顔に戻って、

「やっぱり『離婚』かっ」

と言った。

「最初からちゃんと『離婚』って聞こえたけど、佐々木さんが物凄く清々《すがすが》しい顔して言うから聞き間違えたかと思って。『離婚した』って発声する時の表情じゃないって、それ」

山根君が笑い出した。

「そんな顔しとった?　私、分かりやすいな。だって『やりきったっ』って感じやねんもん」とママが苦笑いする。

確かにママは離婚を決めたとたん、肩の荷が下りた、と感じた。もう佐々木君に期待してがっかりすることもなく、佐々木君の給料が入らずに慌てることもなく、いつ帰るか分

からない佐々木君を待つ必要がないのは、清々しいことかもしれない。

「でも、それで引っ越しするん、大変やろ」

山根君はママのお腹を指差した。

「いやー、出てきてからじゃ、逆に身動きとれへんから。家賃安い家見付けたし、四月にはさくらが一年生やからそれまでに引っ越ししたほうが転校させんでええやん。それに……」

ママはそこで言い淀《よど》んで、

「……私、今『暮れ』やねん」

と言った。

「くれ?」

山根君はまた聞き間違えたかなと思い、聞き返した。

「うん、年末、年の暮れ。新年迎える時ってさ、大掃除して、しめ縄飾って、お節用意して、ちゃんとケジメつけて迎えたいやん? 引っ越しで予定してた小学校とは別の学校に通うから入学手続きし直したり、役所に母子家庭の申請に行ったり、保険証作り直したり、とにかく今は煩わしい手続きが目白押しやねん。でも一つ一つこなして、私、赤ちゃんが生まれた瞬間から、三人家族として新しくスタートしたいねん」

「暮れか。大晦日《おおみそか》じゃないねんな」

「大晦日は赤ちゃん生む当日な。除夜の鐘撞《つ》くみたいな勢いで赤ちゃん生むで、私」

「うん、それ、なかなかええな」

山根君はこんどは愛想笑いじゃなく、微笑んだ。


ママが「暮れ」をスタートさせるにあたり、最初にしたことは佐々木君を家に呼ぶことだった。

佐々木君がテント生活に戻ったのをさくらと一緒に見届けてから、二週間経った日曜日の夕方だった。

「俺にもう一度チャンスをください」

佐々木君は卓袱台《ちゃぶだい》に手をついて、深々と頭を下げた。冬だというのに佐々木君の額に滲《にじ》んだ汗がぼたぼたと卓袱台に落ちて水玉模様を作る。

ママは、もう佐々木君と離婚すると決めていた。役所に行き、母子家庭が受けられる福祉について教えてもらい、さくらともうすぐ生まれてくる子供と、母子三人生きてゆく方法はきっちりと決定していた。そこには佐々木君は影すら存在しない。

チャンスって、何？　ずっと電話が圏外になっている佐々木君に困って、やっさんに「帰ってくるように伝えて」と頼んだが、こういう意味ではない。

目が点になるって、このことをいうんやろなぁ……。佐々木君と、佐々木君に付き添って来たやっさんの向かいに座っているママは、佐々木君が卓袱台に作った汗の水玉模様を見ていた。

「もう一回この家に戻ってきて、やり直すつもりです。今度こそ、心を入れ替えて一生懸命やります」

佐々木君は真剣そのものの声色で続け、その隣ではやっさんがうんうんと頷いている。

これ、見たことある。芸能人の不倫会見やん。いつもはノー天気でカッコつけてる俳優かなんかが涙浮かべて平謝りするやつ。しかも、隣にはこれまた神妙な顔で額に汗を浮かべた敏腕マネージャ。

座椅子に座り、黙って見ていたママは目の前のおっさん二人のテンションについてゆけず、「よっこらしょ」と右手でお腹を押さえながら立ち上がり、キッチンに行くと黄色いほうろうのやかんでお湯を沸かした。

そういえば、このオシャレなやかん、結婚祝いにやっさんが買ってくれたやつや。

「黄色やから金運アップやで」って呑気に言うてたけど、ウソやったな。ママは現在進行形で居間で繰り広げられている茶番劇に参加する、やっさんの取って付けたようなシリアス顔を思い出して「やれやれ」と溜息を吐いた。

ママはコーヒーを淹《い》れ、佐々木君がいつも使っている猫の絵が付いた青いマグカップに注ごうとして手を止めた。佐々木君のマグカップを新聞紙に包むと燃えないゴミを入れるバケツに入れ、食器棚の中から同じく結婚祝いで誰かに貰った、ウェッジウッドのペアの珈琲茶碗《コーヒーちゃわん》を取り出し注ぐ。

ママはコーヒーをお盆に乗せて運ぶと、「どうぞ」と佐々木君とやっさんの前に置いた。

佐々木君は謝罪の体勢で固まったまんまだ。

ママは「よっこらしょ」とお腹を庇《かば》いながら座って、ティッシュペーパーを箱から抜き取ると佐々木君の手元に置いた。

「汗、ふいて」

佐々木君は額の汗をぬぐう。

「なあ、佐々木君。心を入れ替えるって、どの心をどの心に入れ替えるん？」

ママはさくらに「ゴミはどこに捨てるのかな？」と教える時のように『叱るまい』と優しく言った。

「へ」

佐々木君が顔をあげた。ぽかんと口を開いて、とても無防備な表情を浮かべている。

着古したTシャツとジーパン姿で無精ひげは生やしていたが、佐々木君はここ数年の中で一番顔色は良く、風呂上がりのようなすっきりした空気を纏《まと》っている。

「謝る必要なんてないよ。そんなん、もう意味ないやん」

「え」

佐々木君は困惑した表情を浮かべた。

「あんた、やっさんに『謝ったほうがええよ』って言われて、『どうやって謝ったらええん?』って聞いたんやろ?」

佐々木君は、あからさまに驚いた表情を見せた。

「そしたらやっさんが『心を入れ替えますって言うたほうがええよ』ってアドバイスくれたんやろ?」

「なんで知ってるん」

「あんたのパターンやん」

ママが溜息交じりで言うと、やっさんが正座を崩して「んふふ」と笑った。

「何でもようわかってはるなぁ」

やっさんは表情を緩め足を崩して、コーヒーを飲んだ。部屋の空気が緩んだとたん、ダイズがするりと部屋に入って来て、迷わず佐々木君のもとへゆくと、膝に頬をすり寄せた。

佐々木君はダイズの耳の後ろを撫でた。

「これ、書いて」

ママは卓袱台の上に、用意してあった茶封筒から紙を出して広げてみせた。

「離婚届?」

佐々木君はダイズから手を離し、離婚届をまじまじと見た。

「そう」

ママの書くべき場所は全て埋められ、印鑑も押してあって、完成間近だった。

「今書いて、ハンコ押して。引っ越しとか、育児休暇中の生活費とかを無利子で貸してくれる母子家庭支援を受けることにしてん。離婚して正式に母子家庭にならんと申請できへんから急いでるねん」

「ここ、引っ越すん？」

「そや、こんな家賃ひとりで払われへんやん。もう引っ越し先は仮契約してきた。山の上団地の25号棟の５０１号室」

「もう？　なんか……素早いね」

「あたりまえやん。子供と私は現実を生きてるんやで？　サクサク前に進まんとな。私はさくらと最低限のものだけ持って行くから。ここの名義は佐々木君なんやから、後に残ったもんは捨てるなりして、ちゃんと引き払ってな。はい、これで書いて」

ママは佐々木君にボールペンを渡した。

ボールペンを握りしめた佐々木君はじっと離婚届を見つめている。佐々木君の顔がみるみる曇っていった。

「……親権者はどっちなの？　さくらとお腹の子供はどっちが引き取る？」

「え？」

佐々木君の言葉にママは呆気にとられたが、

「私がひとりで育てるから」

努めて冷静に言った。

佐々木君は納得いかない感じで「うーん」とつぶやいた。

うーんてなんやねん！

ママたちを置いてテントに戻ったのだから、当然、佐々木君はすぐに離婚届を書いてくれるもんだと思っていたママは、混乱した。

「佐々木君は今までどおり、好きに生きたらええねんよ。慰謝料も養育費も要らんし、好きな時に子供たちに会えばいいんやから」

「わからないいな」

「は？　なにがわからんの？」

「わからないけど、なんか、わからない」

「……あんた、お酒飲んでるやろっ！」

「飲んでるけど、酔っぱらってない。とにかく、俺は……わからないんだから、わからないことはできない！」

佐々木君が珍しく大きな声を上げると、ダイズが耳を後ろに下げてサササと部屋を出て行った。

ママは助けを求めるようにやっさんを見た。

おたおた取り乱す佐々木君をやっさんは黙ったままじっと見ている。ことの行方を見守っているようだった。

「佐々木君、それは違う！　むしろ、あんたはわからんことしかせんやん！　街で署名活動してたら、絶対名前書くよな。憲法のことも原発のことも真剣に考えたことなんか一回もないし、わからんのに署名してるんやろ？」

ああ、さくらを池ちゃんに預けといてよかった、こんな修羅場みせられない。ママは低い冷静な声で早口にまくし立てた。

「街でビラ配りしてたら、何のビラかなんておかまいなしに絶対に貰うし。あれだってわからんけど貰ってるんやろ？　カラオケにもコンタクトレンズにもパチンコにも縁がないやん。だから結局ポケットにねじ込んで、家に帰って来てから捨ててるやん。たまーに、ビラをポケットから出し忘れてさ、洗濯機の中でボロボロになって他の服にくっついたりしとるねん。わからんもわかるも、あんたかんけーないやろ」

「……」

佐々木君は渋々ペンを握ったが、「佐々木」と名字を書いたところで手を止め、またじっと離婚届を睨んだ。

「……俺、ハンコ失くしたし、今日は手続きできない」

佐々木君はペンを卓袱台の上に置いた。

いったいなんやねん！　私、呪われてるん？

「じゃ、書くとこだけ埋めてよ。私、明日役所に出しに行く前にハンコ買って代わりに押しとくから」

ママは苛立ちを隠さずに吐き捨てた。

「それって、書類の偽造だよ」

佐々木君が言う。

「あほかっ！　じゃあ、ハンコ買ってきてよ。シャチハタ以外やったら何でもええねんし、駅前の百均で売ってるやん」

「でも、佐々木って名前のハンコ売ってないかもしれないし」

「じゃあ、駅の向こう側の文房具屋でも行っておいでよ」

「でも、そこにも無いかもしれないじゃないか！」

ああ言えばこう言う、叱られた時のさくらと同じだ……。ぐちぐちと拒み続ける佐々木君の支離滅裂さに、ママは途方に暮れて黙り込んだ。

佐々木君も離婚届を睨んだまま、黙り込み動かなかった。

「これ、こんなに意固地になることなんかなぁ」

沈黙を破ったのはやっさんだった。

「奥さんの気持ちはもう決まってるし、これは、ようするに佐々木君が結婚前の生活に戻るだけ、という至極シンプルなことやなぁ」

やっさんはいつもの間が延びたトーンで優しく話した。佐々木君は固まったままだ。

「キミはテントに戻って、好きな時にぼくや叔父さんの仕事を手伝ったりするんやろ。その暮らしはキミらしいし、キミにとっては快適ちがうかなぁ。そやねえ、奥さん？」

やっさんは同意を求めママの顔を見た。

「まあ、そうですね」

ママは曖昧に頷いた。

「キミはこの七年間、家庭を持って、スーツ着て仕事して、キミらしくないことをやった。挫折はしたけど、ある意味偉業を成し遂げたと、そう思って良いかもしれんよ」

『どこが偉業やねんっ』と心の中で激しく突っ込みながらもママは反論しなかった。とにかく穏便に済ませたい。離婚届さえ書いてもらえればいいんだから、と自分を落ち着かせる。

「キミは罪悪感に苛《さいな》まれてるかもしれんけど、男女が別れてゆくのはどっちが悪いとかじゃなく、お互い様や。ぼくは、世間が何て言っても、キミは立派やったって思ってるよ。叔父さんも『あいつは男を上げてテントに帰ってきた』って言うてはる。ぼくも同じ気持ちや、キミはよう頑張った」

いや、頑張ったのは私やんっ！

ママは何の冗談かと思ったが、やっさんは大真面目な表情をしている。

佐々木君はあいかわらずうつむいたまま何も答えなかったが、おもむろにペンを持って離婚届を埋め始めた。やっさんは優しい目でそれを見守る。

この男にしてこの友だちあり……ママはおっさんの友情劇場にげんなりして立ち上がり、ジャンパーを着て財布をつかみ、「私、百均でハンコ買ってきますから」と素早く家を出た。

「あいつら本物のアホやっ！　ストレスで早産したらあいつら一生恨んだるからなっ！」

ママは小声で吐き捨てて、足早に駅までの道を歩いた。

ハンコを買って店を出ると、薄い水色の空に白くかすれた小さな雲が並んでいるのが目に飛び込んできて、ママは深く息を吐いた。

あの雲みたいに、どこかへあてもなくプカプカと運ばれてそっと消えてしまいたい……ゆっくりと流れている雲を眺めながら家へ向かう。

お腹の中で赤ちゃんがくるりと動くと、「べっちょない、べっちょない」と呪文のように言葉が湧いてきた。まだ見ぬ小さな相棒が慰めてくれている気がして、ママは赤ちゃんに合図を返すようにお腹をくるくると撫でた。

ママが帰ると佐々木君はちゃんと離婚届を埋めており、ママが買って来た「佐々木」のハンコを押して離婚届は無事完成した。

「にゃ」

ダイズがまたとととと、と歩いてきて、卓袱台の傍《そば》で腹を天井に向けて寝そべり佐々木君を見た。

「ダイズ久しぶりやったなぁ……元気してたか？」

佐々木君はダイズをゆっくりと優しく撫でて愛おしんだ。

「俺、たぶん、さっき取り乱したのは、もうダイズに会えないかもなって、寂しくなったのかなぁ……離婚するとか、別にどっちでもいいのに、なんか、ごめん」

佐々木君がしんみりと言った。

「……あんた、ほんま、ふつーにアホでムカつく男やなっ」

ママは心底呆れ、なんでこんな男と結婚したんだろうと気分が悪かった。でも、佐々木君が最初から最後まで「ふつーにアホ」だったおかげで、ママはこの後、たった一度だって離婚を後悔することなくいられたし、「私にだって落ち度があったから離婚したのではないか」などと微塵《みじん》も考えずに済んだ。そういう意味で、佐々木君の潔いほどの「ふつーのアホ」さはママにとってありがたかった。

佐々木君たちが帰ったあと、ママは離婚届を両手で持ってしげしげと眺めた。想定外のひと悶着《もんちゃく》のおかげか達成感が湧いて、まるで何かの表彰状でも貰ったような気持ちだった。やっさんと佐々木君の友情劇場に腹が立ったが、過ぎてしまえばその馬鹿馬鹿しさに笑えてくる。きっとお父さんが生きていたら、さっきやっさんが佐々木君を庇ったように私を庇ってくれるんだろうな……と思いついて、ママは少し寂しくなった。

あの人はなんて言うんやろう……。

ママは自分のお母さんを思い浮かべた。

「自業自得だわ」

ママはお母さんの言いそうな台詞《せりふ》の口真似をして、ひとり自嘲気味に笑った。きっと冷たくそう言い放たれるだろう、と確信していた。

「……ママは何があっても、絶対にあんたの味方するからな。心配せんでええよ」

ママはお腹を撫でながら語りかけた。

ママが小学校高学年になった頃から、ママのお母さんは人工島の外に仕事場のマンションを借りて、そこに寝泊まりするようになった。

時々、ビジネスパートナーというスーツ姿の男と車で帰って来ては、自分宛ての郵便などをあさり、また帰ってゆく。

ママは自分で自分の身の周りのことをするようになっていた。毎日自分で夕飯を作って食べ、三日にいっぺん、泊まり勤務明けのお父さんが帰って来る日は二人分のご飯を作った。

心配ごとがあるとベランダに出て海にこぼしたが、高校へ進学する頃には、心細さよりも親に干渉されない気楽さの方が上回った。

学校帰り、マンションの隣の小さな公園のベンチでお父さんがぼんやりと煙草を吸っているのに出くわした。

「お父さん、どうしたん」

「ベランダで煙草吸ったらお母さんに怒られるやろ」

お父さんはバツが悪そうに笑った。

「お母さん、どうせ、ぜんぜん帰って来んのに、ばれへんやん」

「いや、あのひと、めっちゃ鼻利くからな。地獄耳ならぬ地獄鼻や」

「なにそれ」

ママはフンと鼻を鳴らした。

「副流煙が一番身体に悪いの。ベランダで吸っても、少しは家に入って来てるのよ」

ママがお母さんの口真似をすると、お父さんは肩を揺すって笑った。

お父さんの足元には黒猫が二匹、毛づくろいをしていた。

「ここで煙草吸ってたらな、この子らが寄って来てくれてめっちゃ可愛いんや。つい、内緒でおやつあげてしまうわ」

お父さんは空になった魚肉ソーセージのオレンジ色のパッケージを、ママの目の前に差し出した。

「猫には社販で魚肉ソーセージ買《こ》うて、おまえには社販で高級かまぼこ買うて、猫とおまえが食うてるのを見る。それが俺の人生の楽しみや」

お父さんが満足そうにそう言うと「安い幸せやなぁ」とママは笑った。

「私が看護婦になったら、一生懸命働いてお父さんにええもんいっぱい食べさせたるからな」

ママが言うと、

「そうか、気長に待っとくわ」

お父さんは嬉しそうに目を細めた。

「……なあ、お父さん、なんでお母さんと離婚せーへんの？　家にぜんせんおらへんし、お父さんのことも、私のことにも関心ないくせに、帰って来たら文句ばっかり言うてる、けったいな人や」

「そやなぁ……でも、世の中、けったいじゃない人なんかおらんぞ」

お父さんが笑うと、ママは少しムキになり、

「でも、お母さん、あのスーツのおっちゃんと、絶対に浮気してるで。だったらあの人と一緒になったらええやん」

と息巻いた。

「それは、ゲスの勘ぐりかもしれんし、ほんまかもしれん。ほんまの事しってるんはお母さんだけや。お父さんもおまえもお母さんちゃうから、考えてもしゃーない」

お父さんはママを宥《なだ》めるように、いつものひょうひょうとした口調で言った。

「人間はみんなけったいな生き物や。えらい人も、ふつーの人も、あかん人も、みんな平等にけったいで、どうしようもないねん。それは生きてるうちに、ふと、自然にそうなってしまってるっちゅーだけの話や。お父さんが木に登った時みたいに、ひとは理由もなくあほなことしよる。ま、だから、お母さんを許したったらどうや。許すっちゅーのは人生で一番大きな冒険やしな」

お父さんは優しい目をして言った。

「べっちょない。許したったらどうや」

何度、お母さんへの不満を漏らしても、お父さんは毎回同じことを言って笑う。

「何それ、ぜんぜん意味わからん」

ママが口をとがらすと、お父さんは「そうか、そうか、わからんか」と笑いながら頷いた。

お父さんは足元に手を下ろし、黒猫の喉元を撫でた。黒猫は気持ちよさそうに目を閉じて喉を鳴らしていた。

お父さんが職場で脳梗塞で倒れ救急搬送されたのは、ママが高校三年の秋だった。お父さんは一度も意識を取り戻すことなく、昏睡《こんすい》状態が続いた。

ママは学校を休んで、お父さんのベッドの傍に寄り添った。

機械に繋がれヒューヒューと喉を鳴らし規則正しく息をしているお父さんを、ママはただ眺めていることしかできない。ママが看護学校への願書を出した矢先のことだった。

「おまえが看護婦になったら、病気しても心強いわ」と嬉しそうに笑ったお父さんを思い、ママは悲しくて仕方がなかった。

お父さんに何かしてあげたいのに、どうして良いやらまったく思いつかない。

お父さんは何が好きなんやろう。

ママが唯一、思い浮かべることができたのは、公園で煙草を吸いながら黒猫に魚肉ソーセージをあげている嬉しそうな姿と、泊まり勤務明けのお父さんが布団に寝転びながら水戸黄門の再放送を見ていたことくらいだった。

お父さん、猫の鳴き声聞いたら目を覚まさへんか？　あの黒猫、捕まえてここに連れてこよか……ママはけっこう本気でそう考えて、黒猫を捕まえる場面を思い浮かべる。

段ボール箱の中に魚肉ソーセージ入れて、黒猫が入ったらすぐ蓋閉めて、ガムテープで留めたらいけるんちゃうん……ここ連れて来て、箱開けたら飛び出して来て病室の中逃げまわるやろな……。

病室を黒猫が暴れまわる画《え》を想像して、ママは笑いをかみころした。

あかん、猫も、ましてや煙草もここには持って来れん。

しかたがないので、ママは赤ん坊を寝かしつけるようにお父さんの胸をとんとんと叩きながら、うろ覚えの水戸黄門の主題歌をハミングした。

心なしか、お父さんの表情が明るくなったように見えた。

消灯時間になると、お父さんの手を握り「明日もくるから、まっとってな」と声をかけてママは病院を後にした。

自動運転のモノレールに揺られて、人気のない駅に着き家路を歩く。人工島の駅にはコンビニもなく、駅近くのスーパーも七時を過ぎると閉店する。スーパーのシャッターが、完成して四半世紀しか経っていないのに過疎化していく、この海の上の町の寂しさを引き立てている。

ママは足早に帰り道を歩き、マンションの隣の公園で足を止めた。

薄暗い街灯の下にいつもの黒猫が二匹、ベンチの上に並んで丸くなっている。

「やあ、猫さんたち」

ママが近づくと、猫は耳を後ろに倒し、さっとベンチから飛び降りていなくなった。

ママは猫が座っていたのと同じ場所に腰を下ろした。猫のおこぼれの温《ぬく》もりを貰って、ほんのりとお尻が温かかった。

ママは靴を脱いでベンチの上で膝を抱え、人工島の匂いを吸い込んだ。

高校生になってからママは、通学のために毎日モノレールに乗って人工島を出るようになり、この島独特の臭いがあることに気が付いた。

それは『潮の香』とは少し違う。潮と下水と渇いた土の匂いが混じった、良い香りとは程遠いものだったが、ママにとってそれは懐かしい愛しい匂いだった。

お父さんの病室で長い時間を過ごしたママは目を閉じて、半日ぶりに嗅ぐその匂いに心をゆだねた。

お父さん……。

いったい、お父さんは、ここに座って何を思っていたんだろう。

ママが生まれてからほとんどの時間を警備服を着て過ごし、警備服を脱いだら色褪《あ》せたジーパンと襟がたるんだTシャツで、社販の高級かまぼこばっかり買って来て、煙草吸いながら猫に魚肉ソーセージをあげて、そんな人生、何か意味があったんかな。

そう思ったとたん、ママはそんなことを考え付いた自分が嫌になって、自分で自分の頭を何度もこづいた。

秋風に体が冷えてきたママはのろのろと立ち上がり、マンションへ向かって歩きだした。

家にはお母さんが居た。

肩パットが入った鮮やかな緑色のスーツを着て、ダイニングの椅子に腰掛けている姿を、ママは異物のように感じた。

お母さんは誰かと電話で話しながら、チラッとママに目をやり、表情ひとつ変えずに話し続けた。テーブルにはお母さんが販売する総合ビタミン剤「ゼウス」のパンフレットが置かれている。『万能ビタミン降臨！』と書かれた赤い文字が目に飛び込んできた。

「うん、そうなのよ。昏睡状態なのよ。今週いっぱいが山だって言われてね。まー、しかたないわ、煙草止めろって言っても、聞かないんだもん。自業自得よ。煙草吸って、血管詰まらせて死ぬんだもん、あの人にとっては本望なんじゃない？　ビタミン飲んでればこんなことにならなかったのにさ、飲んでくれなかったのよ。そう、だから、ゼウスなのよ！　やっぱり健康のためには、ちゃんと総合ビタミンを取るべきなのよ？　初回はお試しだから一箱三千円で買えるのよ？　谷口《たにぐち》さんも始めてくれてるのよ？　飲み始めて朝の目ざめがスッキリしたって」

お母さんの会話に、ママはげんなりして風呂場に向かい、シャワーを浴びた。

水圧の低いシャワーからお湯がダラダラと出ている。お湯がまんべんなくかかるように、ママはシャワーの下でゆっくりと身体を回転させた。

背中が温まると、今度はシャワーに向かって胸をつきだす。背中が冷えてくるとまた回転して背中にシャワーを浴びる。

長い時間そうして、身体がぬくもって来た頃、いきなりお母さんが風呂場のドアを開けた。一気に冷気が吹き込んで来る。

「洗顔料とって」

ママはシャワーを止めて風呂場の窓辺に置いてある洗顔料を取り、お母さんに手渡した。

「バスタオルとって」

身体中から水滴を滴らせたママに、お母さんがバスタオルを投げてよこす。ママは風呂場の中で身体を拭いた。

「あなた、また学校休んで、病院行ってたの？　卒業危なくなるような事態にならなければいいけどね」

お母さんが泡だらけの顔を手でせわしなく擦《こす》りながら言った。責めるようなその口調に、ママはできる限り不愛想な声を出して「看護学校に願書出し終わったし、出席日数も担任が計算してくれて大丈夫や言うてた。お母さんに言われんでもちゃんと考えてる。だって私、ずっと何でも自分ひとりで決めてるやん」と答えた。

お母さんはママの言葉にまったく揺れることなく、「あなたが行かなくても、あの病院は完全看護だから心配ないの。何かあったら電話してくるでしょ？　それが病院の役割」と小鼻の周りを擦る。

「お父さん、ひとりぼっちにしたら可哀想やし」

「もー、何言うてんの、意識ないのに、本人はわからへんでしょ」

「きっと、耳は聞こえてる、私にはわかる」

「あなた、ファンタジー映画の観《み》すぎ」

フンッ！　と笑ったお母さんの鼻息で、お母さんの顔についていた泡が勢いよく飛んで、ママの顔にぺたりと張り付いた。

お父さんが死んだのは、それから三日後だった。

朝八時に病院についたママがお父さんのベッドの傍らの椅子に座り、水戸黄門の主題歌をハミングしはじめると、お父さんは息を引き取った。

「娘さんのこと待ってたのね、きっと」

看護婦さんが鼻を啜った。ここにお母さんがいたら、この人もファンタジー映画の観すぎだとからかわれるだろうな、とママは思った。

ママは病室を出て、エレベーターの前にある公衆電話で家に電話をした。出ない。仕事場にかける。

電話に出たお母さんに、お父さんが逝ってしまったと伝えた。

「あら、そう。商談に行こうと思ってたからすれ違いになるとこだったわ。じゃ、すぐにタクシーでそっち行くから」とママのお母さんはあっさり言って電話を切った。

ママはお父さんの手をぎゅっと握って座っていた。死んでなどいないような、いつもと変わらぬ温かさだった。

それから二十分ほどして到着したお母さんは、すでに喪服を着ていた。お母さんの後ろには、いつも一緒にいるスーツ姿の男が喪服を着て付いていたが、病室の前で足を止め、廊下で待っている。

お母さんはカバンの中から緑の手拭いを取り出して、お父さんの頭から被せ、顎の下でギュッと結んだ。お父さんの顎がぐっと上がり、唇が少し尖った形になった。

「え、お母さん、なにやってるん」

ママは目をまん丸にした。顔を手拭いで巻かれたお父さんは、よく漫画で見かける、「虫歯が痛い人」みたいになっていた。

「こうやってたら、このまま死後硬直するから口が開かないのよ。棺桶の中でぱかっと口が開いてるのってみっともないでしょ。あんた、家に帰って着替えて、斎場においで。もうすぐ業者がきて、お父さんをこのまま斎場に運ぶから」

「なんで？　家に連れて帰らへんの？」

「え、何のために？」

真っ赤な口紅を引いたお母さんは、いぶかしそうにママを見て、もう一度手拭いの結び目をギュッときつく縛った。

お父さんのお葬式にはお母さんのサプリメント販売の仲間が大勢来ていて、お母さんはいろんな人に挨拶してまわり、イキイキと華やいでいた。ただ、いつもと違うのは、ビタミンの話は一切せずに、時々とってつけたような悲しい顔をして、ハンカチで目頭を押さえるところだ。お母さんが悲しそうにすればするほど、ママの心は冷めていった。

ママはお葬式で一度も泣かなかった。

こんな、形だけの儀式の時に泣いたらお父さんが可哀想やと、ママはいつものいじっぱりぶりを発揮した。時々、ぐっと込み上げるものはあったが、そのたびにぐっと拳をつくり、眉間に皺を寄せて歯を食いしばり耐えた。

「べっちょない。許すっちゅーのは、人生で一番大きな冒険や」

お父さんの声がママの頭に何度も浮かんだ。

はたから見ると、ふたりは健気《けなげ》な母親ととても非情な娘に見えただろう。


仕事帰りに急にたずねてきた池ちゃんは、ドーナツの箱を顔の横に持ち上げて、「すんごい買っちゃった。食べ放題っ」とにひひと笑った。

「さくちゃーん、ドーナツですよー」

ママが迎え入れる前に、池ちゃんはヒールをぬいで上がり込んだ。すれ違う池ちゃんからパーマ液とお酒の混じった匂いがモワッと漂い、ママの鼻を直撃した。

美容院からの帰りに飲んできたのだろう池ちゃんはショートの髪を茶色に染めて、パーマをかけていた。

身近なアイドルを見付けるのが上手な池ちゃんの、最近のお気に入りは美容師の「ルシファー高峰《たかみね》」だ。

「ルシファーって、そのひと外人なん?」

「いや、芸名みたいなやつ。そのお店の美容師、みんなカッコいい名前がついてるの。テクノ加藤《かとう》とかランドール山本《やまもと》とか。みんなカッコいいよ? あんたも行ってみなよ」

池ちゃん曰く、ルシファーは「孫悟空に顎ひげを生やして細面にした感じ」の三十歳の美容師で、池ちゃんに見せられたお店のホームページには、ピチッとしたオレンジのTシャツを着たマッチョなルシファー高峰が白い歯を見せて笑っていた。

「美容師に筋肉は要らんやろ……」

ママがつぶやくと、

「役に立たないものを誇ってるとこが素敵なのよ」

と池ちゃんはうっとりした。

「あれー、さくちゃんはー?」

お酒が入ってるからか、声がいつもよりワントーン明るい。

池ちゃんは「さみーさみー」と居間の炬燵《こたつ》に足を入れ、勝手にテレビをつけた。十一時からのニュースには「梅の花が開花」とテロップが出て、梅林が映し出されている。

「さくらは寝てるよ。あの子、九時過ぎたら目が閉じるねん。だから、朝五時に起きてきてこっちが寝不足になるわ」

　ママは溜息を吐いたが、

「さくちゃんえらい。三文得してるっ」

　池ちゃんは手を叩いて喜んだ。

「あんたも座りなよ、ドーナツ食べよっ」

　池ちゃんはドーナツの箱を開けて、「あれー、何でオールドファッションばっかり買ったー？」とケラケラと笑いだした。

　ママは重いお腹を庇いながら座り、炬燵の上のドーナツの箱を覗き込んだ。

　黄色の長細い箱の中には茶色いオールドファッションが十個、お行儀よく並んでいた。

「池ちゃんそうとう酔うてるな」

　ママは笑いながらオールドファッションをつまみ、かぶりついた。

　池ちゃんもオールドファッションをかじる。

「小麦粉と砂糖、って感じだよね」

「小麦粉と砂糖やな」

「やっぱりオールドファッションだね」

「うん、シンプルがいちばん」

　二人はつけっぱなしのテレビのニュースを眺めながら、もくもくとオールドファッションを口に運ぶ。

「うん。おいしい」

「やっぱ定番で残る美味《おい》しさだね」

「ね、おいしい」

ママと池ちゃんはオールドファッションを何度も褒めながらふたりで二つずつ食べて、食べ終わるとどちらからともなく黙りこみ、ぼんやりとテレビを眺めた。

「チュッパチャプスってさ、何味が好き?」

口を開いたのは池ちゃんだった。

「チュッパチャプス? 何味があるんか知らん」

「うちの母さんはね、プリン味が好きなの」

池ちゃんは、またドーナツの箱に手を入れてオールドファッションをつかんだ。

「母さん、アルツハイマーでさ、死ぬまで面倒見てくれる病院に入ってるんだけどね、窓のない四人部屋で誤嚥《ごえん》性肺炎が怖いからって食べ物は貰えずに、栄養の点滴で二年間生きてるの。点滴の管を引き抜いちゃうから、手にはミトンはめられてさ。『おにぎり食べたい』って言うから『何か食べさせてあげてください』って頼んだら、棒付きの飴《あめ》を少しなら良いって。ここ一年くらい一か月に一回仙台に帰ってさ、ミトン外してあげて、チュッパチャプス舐《な》めさせてあげてるの。何個かフレーバー持って行って『どれが良い?』って選ばせてさ。でも絶対プリン味選ぶ。こうやってさ、うれしそうに、うれしそうに舐めるのよ」

池ちゃんはマイクを握るように口の前に拳をつくり、ペロペロと飴を舐める仕草をした。

「それ見てたらね、なんか、母さんが愛しく思えてくるんだよね、不思議とさ。朝ね、会社に行く時、空を見ながらね、母さんは二度とこうやって空を見上げることも、お日様の暖かさを感じることもなく、窓のないあの部屋で死んでいくんだなって思うの」

そう言って、池ちゃんは炬燵に突っ伏した。

「でね、気が付いたの。私もこうやって死んでくなって。それどころか、私、子供いないじゃん？　チュッパチャプスくれる人、いないいんだよ」

炬燵の上に顔を乗せたまんまママの方を向いた池ちゃんの顔半分は圧迫され、変形し、ひょっとこのようだった。三つ目のオールドファッションを握っている池ちゃんに、ママは「うんうん」と相槌をうった。

「母さん、かわいそうだし、気の毒だけどさ、でも、だからといって、私、家で介護なんてできないクソ娘なのよ。せめてさ、仙台に帰ってさ、毎日仕事帰りに病院に寄ってさ、ミトン外してさ、チュッパチャプス握らせて舐めさせてあげたいなって。だから、仕事やめて、こっち引き払って仙台に帰る」

「え、……それは、なんか唐突じゃない？……さみしいわ……」

ママは心底そう言った。ママが離婚することを唯一相談したのは池ちゃんだった。

「あんた、それ、大変なことじゃん！」と池ちゃんはあからさまに心配して、ネットで母子家庭向けの福祉をあれこれ調べて、一緒に家賃の安い家を探してくれ、赤ちゃんを生むために入院する間、泊まり込みでさくらを子守すると申し出てくれた。

親身に心配されたり同情されたりするのが苦手なママも、今度ばかりはそんなことを気にしていられないほどに疲れはて、池ちゃんに頼り切っていた。

「あんたの新居に、決意のベッドあげるからっ」

「え、仙台に持っていきなよ」

「いや、実家にベッドあるんだもん。あのベッドいいやつだからっ！　あんた貧乏くさいから絶対買えないよっ！　あんたとさくちゃんと生まれてくる赤ちゃんにあげるっ、あげるからぁ！」

と池ちゃんはいきまいた。ママは「わかった、ありがとう」と返事をした。

『決意のベッド』は池ちゃんが四十四歳の年末に「来年、必ず結婚っていう決意表明のために、まだ見ぬ夫と眠るベッドを買うわ！　占い師に四十五歳過ぎたら結婚できないって言われたのよ！」と勢いで買ったものだ。結局、本来の目的で使うことのなかったベッドは、二十四回払いのローンを組んで買った高級なものだった。

「でも、えらいわ。私やったらお母さんのこと、施設に任せっぱなしにするもん」

ママの言葉に池ちゃんは「すん」と鼻を啜ってしばらく黙りこみ、「っていうのは仙台に帰る理由のひとつにすぎなくてさ……リストラされるのっ、リストラっ」とがばっと顔を上げた。

「え、それ、大変やん！」

ママは目をまん丸にして驚いてみせた。

「そう。大変なの。うちの支店、閉鎖されることになって、ドライバーさんは他の支店や元請けの運送会社に散り散り、私たち事務方はクビなんだってぇ」

「でもさ、またこっちで仕事探したらええんちゃう？」

「いや。もう無理。四十八歳だよ？　今みたいな給料くれるとこなんてないもん。あっちに帰れば家があるもん、家賃の心配がないんだよ？」

「たしかに……」

「自分でも何がなんだか、わかんないの。大変なの……いや、でも、そうでもないっ！　そうでもないはずなのっ！　だってさぁ、臨月なのに離婚しちゃうあんたの方が辛《つら》い。辛いよっ。あんたが引っ越しだの出産準備だのおたおたしてんのに、旦那は毎日キャンプファイアーだよ？　なのにさ、四捨五入したら五十になろうかっていういい大人がさ、リストラぐらいで泣き言ってさ、私、情けないよ、さいてーだー」

池ちゃんは泣きながら四つ目のオールドファッションをかじって、

「フレンチクルーラーだって、シナモンシュガーだってあるのに、何でいっつも同じドーナツを食ってるのよ、わたしはぁ」と叫んでばたりと後ろに倒れ目を閉じ、それっきり動かなくなった。

ヤレヤレ、酔っ払いの世話ばっかりしてるな、私……。

ママは立ち上がり、そっと隣の部屋の襖を開けた。さくらはポカンと口をあけて眠っている。ママは毛布を池ちゃんにそっとかけると、池ちゃんの手からオールドファッションをとり、テレビと電気を消した。

明日も五時に起きるだろうさくらが、炬燵で眠る池ちゃんを見付けて喜ぶ顔を思い浮かべながら、ママは眠りについた。

決意のベッドは、ママの引っ越しが完了した翌週に作業着姿の男たちが二人がかりで搬入した。

四畳半の部屋に入れたベッドは、ほぼ部屋の中を占領していた。

「ご苦労様でしたぁ」

池ちゃんは帰ってゆく作業員に声をかけたあと、バタンとドアが閉まったのを確認してから、

「あの背の低い子、ちょっとオーランド・ブルームに似てたよね？　あの配送業者当たり

だね」とささやいた。

「いーや、どっちも『作業服のあんちゃん』にしか見えへんかったけど」とママが笑った。配送業者が「お気に入り」になったら、池ちゃんはどうするんだろう。何か運んでもらうものを必死で探すんやろな……。

池ちゃんは四畳半きちきちに置かれたダブルベッドにさっそく寝転んで「あんたも寝てみ」と目を閉じた。

ママは「よっこらしょ」と身体を横向きにして、池ちゃんの隣に寝転んだ。

「おー、いいねぇ。広いし、マットレスもちょうどいい固さや。このまま寝たいわ」

ママは大きなあくびをして、天井で波打つ茶色い木目模様を眺めた。引っ越してから一週間。家のどこを見ても、まだよそよそしさを感じた。

「もうすぐだね」

池ちゃんは目を閉じたまま手探りでママのお腹を探し当て、そっと撫でた。お腹の中で赤ちゃんがぐるんと動くと、

「やだっ！　今、動いたっ、怖いっ」

池ちゃんがぱっと手を離した。

「勝手に触って、勝手に驚かんといてよ」

「だって、もう、いかにも『なまっ』って感じ」

「なま?」

「そう。命を素手で触った、みたいな」

「なにそれ」

ママがくくくと笑うと、ベッドも一緒にくくくと軋《きし》んだ。

窓からお日様がさしてベッドの上のふたりを温めている。

「ウォシュレットないし、五階なのにエレベーターがないなんて悲劇だけど、窓から空が見えるのは最高だねぇ」

池ちゃんとママは、同じ方向に顔を向けて窓の外を流れる雲を見ていた。小さな雲がゆっくりと通り過ぎるのを目で追いながら、ママはうとうとと眠りに落ちそうになる。

「あんた、生まれ変わったらなんになりたい?」

池ちゃんの声でママはハッと目を開いた。

「えー……なんやろ。猫、かな」

「なに、あんた、人間やめちゃうんだ」と池ちゃんが笑った。

「私はね、来世では神社で白無垢《しろむく》着て結婚式すんの。玉砂利の上に敷かれた赤い毛氈《もうせん》の上を、黒い大きな傘さしかけてもらって、白無垢姿でしゃなりしゃなりと歩くの。で、軽井沢に住んで、緑深い別荘地を優しいイケメンの旦那と青い自転車でサイクリングするの」

「え、それって、昔、飲みに行ってた時に話してた池ちゃんの夢やんか」

ママは天井を眺める池ちゃんの顔を見た。

「そ。来世の自分に託したのよ」

仙台に帰ると決めてから、池ちゃんは二十八年暮らした部屋を整理しはじめた。雑誌の切り抜きや、映画の半券、古い手帳。

「やだ、なんでジャッキー・チェンのブロマイド持ってるの？」

「なに、このマッケンサンバの歌詞。手書きじゃない。え、私の字？」

などと言いながら、いくらでも出てくる二十八年の歳月の証《あかし》を、つぎつぎにゴミ袋に投げ入れていく。その中に「五年日記」があった。青い革の表紙をめくると表紙の裏に「五年間で成し遂げたい事」と書かれた欄があり、その下に「素敵な旦那様を見付けて神社で結婚式を挙げる」と書いて赤ペンでハートマークが付けてあった。

あー、赤いハートなんか付けちゃって……。

きちんと五年間付けた日記は、その日あったことをけっこう楽しんで書いていたが、五年後書き終えた日記を満足しながら見返した池ちゃんは、なんだかとてもがっかりした。初詣に始まり、節分の恵方巻、お花見、夏はビアガーデン、友人たちとのクリスマス会、紅白を見て、また初詣。毎年日にちが少しずれているだけで、同じローテーションをこなし生きている自分に気が付いたのだ。ハプニングが起こらないということは平穏無事に過ごせているということだと思いながら、池ちゃんはそれ以来日記を付けることをやめてしまった。

池ちゃんは久しぶりに開いた「五年日記」をそれ以上読む気になれず、万が一、他人に読まれてはいけないと、スーパーの袋に入れて、それをさらに紙袋に入れ、ガムテープでぐるぐる巻きにしてゴミ袋に入れた。

世間から「おばさん」と呼ばれる年になった自覚なんてどこにもない。気が付いたら二十八年も歳月が過ぎていたのだ。なのに、思い描いていたことは何一つ叶《かな》わなかったなあ、と今さらながらしみじみと思った。

「感傷的になるもんかっ」

池ちゃんはキッとして顔を上げ立ち上がると、台所の塩壺《つぼ》から塩をガバッとつかみ、五年日記を捨てたゴミ袋の中にバッサバッサと投げ入れ、「悪霊退散っ！　悪霊退散っ！」と野太い声で叫んだ。

ママは池ちゃんが言った「来世」という言葉が、妙に寂しく聞こえて、

「でも、まだ人生終わったわけじゃないやん」

と池ちゃんを励ました。

「あんた、それ本気で言ってる？　この年になって今世で起きることなんて、もうとっくに想像ついてるわよ。来世に期待して生きる方が健全じゃない」

池ちゃんのあっけらかんとした物言いに、

「たしかに」

ママはあっさりと同意した。

「私、実家に帰るのは解雇されたからだって言ったでしょ？　あれもまた、ひとつの口実でさ」

また池ちゃんが溜息を吐いた。

「うん」

「タカギさんにプロポーズされたの」

「え、あの、ドライバーのタカギさん？」

ママは最古参のタカギさんのごま塩頭を思い浮かべた。

「池ちゃん、仕事なんか探さなくていいやん。僕のところにお嫁においで、って」

「ほえっ」

ママは驚きのあまり、喉の奥から変な音を出した。

「高木さん、六十代やろ？　ええ人やけど、年上過ぎるよなぁ」

ママが言うと、

「いや、ちょっと迷ったんだよ、実は」

と池ちゃんが返した。

「私さ、赤ん坊連れてるお母さんみるとさ、若いくせして女じゃないよなぁ、って思ったりしちゃうの。まったく化粧っ気なかったり、鼻の頭テカテカしてたり、最後にトリートメントしたのいつだよ、ってくらいの洗いっぱなしの髪だったりするじゃない？　あんただって、そうでしょ。元々おしゃれしないけど、さらにどうでも良くなってるでしょ。でも、二人目や三人目ができたりするじゃん？　妊娠したってことは、みんなセックスしてんだよね。旦那の前で女っぽく喘《あえ》いだりするんだろうなって思ったら、なんか、それって動物的でそれこそ『なま』だなって。で、その結果お腹には『なま』そのものがいてさ。生から生を生むってやつだ」

　ママは家庭の中では決して飛び出さない「セックス」や「喘ぐ」という単語に妙な新鮮さを感じつつ、隣の部屋でテレビを見ているさくらに聞こえてないかと、ちらっと襖に目をやった。

「なんか、結婚しなかったことはどーでもいいんだけどさ、誰かの前で生にならなかったことが、残念だなぁ、と、常々思ってたの。だから試しに、タカギさんとホテルに行ってみた」

　池ちゃんの話があまりにも突拍子もなさすぎてママは「ほほう」と返事をして、『ほほう』ってなんやねん、と恥ずかしくなった。

「タカギさん、結局だめでさ」

「だめ？」

「勃起しなかった」

「えー、知ってる人の性的なやつ、聞きたくないわ」

　ママが耳をふさぐと、

「ちょっと、ちゃんと聞いてよ」

　池ちゃんがママの手をこづいた。

「タカギさん、ごめんねごめんねって泣いてた。でもさ、悪くないじゃん、タカギさんは。私、そこで、自分がどれだけ追い詰められてるか気が付いたの」

　ママはタカギさんと池ちゃんの寝姿を少し想像してしまったが、まったくピンとこなかった。

「え、で、どうするの」

「結婚なんてしないよ。するわけないじゃん。でも、なんか、私、自分が嫌になってさ。ひとりで生きてたって充分幸せなのに、やり残したことがあるはずだとか、虚《むな》しいはずだって思ってる、もう一人の自分がいるんだよね。なんか、そうやって走るのに疲れちゃった」

　ママは池ちゃんの横顔を眺めた。

　四十八歳になった池ちゃんは頬にシミが浮かび、皺も目立つ。年上の友人の老いに、自分もずっと若くはいられないんだと実感する。

ママは池ちゃんと休みの日に「ショッピング」と称してただ街をうろついたり、仕事終わりに飲みに行ってはお互いのことを話し合った日々を想い浮かべた。あれだけの時間しゃべりつくしたのに何を話したかはほとんど覚えていない。とにかくずっと笑っている池ちゃんの顔だけが浮かぶ。

さくらが生まれてママになってからずっと、こうやって池ちゃんとぶっちゃけた話をする機会は皆無だった。ママは暮らしに忙殺されてだんだんと薄れてきた「わたし」という存在を、久しぶりに感じた。

「あ、ママたちだけズルいっ」

襖を隔てた居間で、おとなしくテレビを見ていたさくらが池ちゃんとママの間に勢いよく割って入る。ベッドがぎしぎしと揺れた。

「今日からベッドで寝るん?」

さくらが目を輝かせた。

「そうや」

「ベッドで寝るなんて、さくちゃんたちお金持ちやんっ」

さくらが鼻を膨らませる。

「さくちゃん、金持ちのイメージがまちがってるよ」と池ちゃんが真剣な声で言った。

「ぐふふふ」

さくらがおかしくてたまらない、というように笑った。

2DKの団地の一室には箪笥《たんす》やテレビや卓袱台はちゃんと定位置についたが、まだどこか馴染《なじ》まない雰囲気で落ち着かない。でもベッドの上には今までずっとあった日常の匂いがする。ママはほっとしてますます眠たくなってきた。

「赤ちゃんの名前な『うめ』やで。さくちゃんが決めてん」

さくらが自慢げに言った。

ママは赤ちゃんの名前をさくらに付けさせた。自分にもしものことがあった時に、さくらたち姉妹にはお互いしかいないのだから、特別な絆《きずな》になると思ったのだ。

「ほんまはマイメロディにしようと思ったけど、ママがあかんて」

「あたりまえやん」

ママが苦笑いした。

「桜の次は梅？　うめちゃんか、いい名前じゃん」

池ちゃんが感心すると、

「梅って桜に似てるお花やねん。さくらの妹やからうめやねん。あ、池ちゃん梅って知ってる？　保育園で咲くから見に来てもええで」

さくらは得意げだった。

「何をえらそーに！　あんたより長く生きてるんだから知ってるよっ」

池ちゃんがさくらの鼻先をつまんだ。

「もー、やめてよ」

さくらがケラケラと笑いながら池ちゃんの手を叩く。

「あーあ、さくちゃん池ちゃんがおらへんようになるん、さみしいなぁ。うめちゃんが生まれたら、さくちゃんたちも仙台に引っ越ししようよ」

「また引っ越しかっ。絶対いやや」

ママが不機嫌な声を上げた。

「決意のベッドも手放したし、あとはあんたの出産を見届けたら、私のこっちでの暮らしは終わるのねぇ」

「池ちゃんも今が『暮れ』やな」

ママの言葉に「くれ?」と池ちゃんが返す。ママが今は自分にとって『年の暮れ』なんだと説明すると、

「いいねー。新年が楽しみになるね」

池ちゃんが笑う。

「さくちゃんも新年たのしみー」

とさくらが口を挟むと、

「分かんないくせしてえらそうにっ」

とまた池ちゃんがさくらの鼻先をつまんだ。

ママに陣痛がきたのはそれから二週間後だった。

「ついに大晦日だねっ」

池ちゃんは入院用のボストンバッグを、タクシーに乗り込んだママに手渡した。

「さくらのこと、よろしくおねがいします」

ママは丁寧に池ちゃんに頭を下げ、

「さくちゃん、お留守番たのんだよ」

「うん。ママ頑張って。池ちゃんのお世話はさくちゃんがしとくから」

さくらが陽気に言った。

「がんばってー！」

池ちゃんとさくらは、ひとりタクシーに乗って病院へ向かうママを見送った。

ママが出発して五時間。ママからは連絡がなかった。池ちゃんとさくらはご飯を食べながら、お風呂にはいりながら、テレビを見ながら「まだかなぁ」「まだかなあ」と言い合った。

「寝られへんわ」

ベッドに入ったさくらが、天井をじっと睨みながら渋い声を出した。

「羊数えてみたら?」

隣に寝転ぶ池ちゃんがささやいた。

「なんで?」

「不眠の時には羊を数えるもんなの、こうやるのよ。羊がいっぴき、羊がにひき、羊がさんびき……」

池ちゃんが数えて見せるとさくらも一緒に羊を数えだした。池ちゃんの良く通る声と、さくらのあどけない声が豆電球を灯した薄暗い部屋に響いた。

「なあ池ちゃん、その羊、何色なん?」

さくらが聞くと、

「羊なんだから白に決まってるでしょ」

池ちゃんがきっぱりと返した。

「えー、ピンクがええわ、ピンク~」

さくらが駄々をこねる。

「はー、ピンク好きだね~! 古典的女子め。じゃあ、ピンクの羊ね」

「ピンクの羊がいっぴき、ピンクの羊がにひき、ピンクの羊がさんびき……」

さくらがピンクの羊を数え始めると、池ちゃんはそれを聞きながら目を閉じた。頭の中にピンク色の綿菓子に目鼻が付いたような羊が現れては消えて、また現れる。

　ピンクの羊を三十四まで数え終わると、さくらはいきなり黙り込んだ。

　寝たのかと思い目を開けると、さくらは目をぱちりと開けて「ママ……」とか細い声を出した。

『来たかっ！』と池ちゃんは身構えた。

　池ちゃんにとって、子供とひと晩二人きりで過ごすのは初めてのことで、実はかなり緊張していた。

　大丈夫。さくらが泣いても誤魔化せるように、ハリー・ポッターのＤＶＤも、お菓子もいっぱい用意してる。

「なに、さみしくなった？」

「ちがう」

「お菓子、いっぱいあるよ。ＤＶＤ見ながらお菓子パーティーする？　夜更かししても、虫歯になっても、今が緊急事態なんだからいいじゃん」

　池ちゃんはベッドの上で半身を起こした。

「さくちゃんな、心配やねん」

　さくらのへの字眉がさらにへの字になっている。

「赤ちゃん生むときってしゅじつするんやろ？　保育園で、お友だちがいうてた。しじゅつって危ないねんて。ママ、大丈夫かな。死なへんかな」

「大丈夫、自然分娩《ぶんべん》って言ってたよ」

「しぜんぶんべん？」

「そ、きっとお尻からポロッと出てくるから心配ないよ」

「ポロッと？」

「そ。コロッかな」

「コロッ」

「プリッとかもしんないなぁ」

「プリッ？　へんなのー」

さくらが笑った。

「ぽろっと、ころっと、ぷりっと。安産のおまじないだよ」

池ちゃんがお得意の美声で歌うように唱えた。

「ぽろっと、ころっと、ぷりっと、ぽろっと、ころっと、ぷりっと」

さくらも一緒に唱えると、イヒヒと眉間に横じわをたくさん作り笑い転げた。豆電球の明かりのしたで見慣れた笑顔が見られて、池ちゃんはほっとして一緒に笑い転げた。

その頃、ママは生まれてきた赤ちゃんを見て「えっ！」と大きな声を上げていた。

赤ちゃんを抱いた助産師さんはママの声にびっくりして、「佐々木さん、大丈夫ですか」

とママの顔を覗き込んだ。

「あ、すいません。あまりに長女にそっくりなんで、『またさくらが出てきた！』と思って」ママが苦笑いした。

「そりゃおもしろい。ＤＮＡって凄いねぇ」

ママの股の間で産道の処置をしながら、医師が感心した声を上げた。

病室に戻ったママは、さっそく池ちゃんにメールを打った。

『ほかほかのコッペパン第二号、うめちゃん無事誕生。さくらのお世話ありがとう』

あと、知らせる人は……佐々木君、やっさん、職場の人たち、あ、一応お母さん。

「もう、明日でいいや」

ママは携帯電話を枕の下へ置いた。下腹部に鈍い痛みが走る。赤ちゃんの成長とともに大きくなった子宮が元の大きさに戻ろうと奮闘している痛みだ。人間の身体ってよくできてるな、と思う。

ママはお腹の痛みに耐えながらベッドから起き上がり、隣に置かれたベビーベッドの上の赤ちゃんを抱きあげた。下がり眉と丸い鼻。ほんとにさくらそっくり。

ママは赤ちゃんの小さな額を指でなぞりながら「おーい、私の赤ちゃん」とささやいた。さくらを生んだ時とは違う、『この子は自分だけの子供なんだ』と思うと、今の自分が誇らしく思えた。

ママの新しい年が明けた。

影のように常に付きまとっていた、まだ見ぬ日々への不安はごっそりと消えていた。四人部屋の区切られたカーテンの中、常夜灯の薄明かりに照らされて、ママは生まれたてのうめを抱きながら幸せをかみしめた。


それからひと月して、池ちゃんは生まれ故郷へ旅立った。

池ちゃんは鮮やかなサーモンピンクの晴れ着に金糸の帯をしめて、ベージュの和装バッグ一つで新幹線のホームに立った。まるで、誰かの結婚式にでも行くような、晴れやかな装いだった。

「めっちゃくちゃハデやなぁ」

思わずママが突っ込む。

「百貨店の時に後輩の結婚式で着てから、結局一回も着てないんだよ。今しかないっ！と思って」

池ちゃんはすました顔で言った。

「あれー、荷物は？　捨てた？」

佐々木君がらしい質問をした。

「捨てるわけないでしょ？　あんたと一緒にしないでっ！　引っ越し屋のトラックが運ん

でるよ」

池ちゃんが佐々木君を睨みつけた。

ホームにはオリエント運送の支店長やドライバーたち、佐々木君とやっさん、そしてうめを抱いたママとさくらが見送りにきていて、池ちゃんが乗る十三号車が止まるあたりのホームにはちょっとした人だかりができていた。そこからすこし離れて、すみっこに作業服姿のタカギさんが寂しそうに立っていた。

「みんな、ホームまで来ることないのに、入場料がもったいないじゃん。大袈裟《おおげさ》だよ」

池ちゃんは鬱陶しそうに言ったが、終始にこやかな顔をしているところをみると、まんざらでもなさそうだった。

「なんか、ええとこのお嬢さんが歌舞伎でも見に行くみたいやねぇ。よう似合うてるわ」

やっさんが目を細めると、池ちゃんは少し照れたように微笑んで、それを見たママはにやにやと笑った。

「池ちゃんきれい」

さくらはずっとはしゃいでいる。

駅の裏手には山があり、むせ返るような草いきれだ。どこから帰って来る時も、このホームへ降り立つと、この草いきれに「帰ってきたんだ」とほっとしたっけ。池ちゃんはもう既に、この街が懐かしかった。

池ちゃんの新幹線の到着を知らせるアナウンスが聞こえてきた。みんな口々に「元気でね」「またね」と声をかける。

と、すみっこに小さく佇《たたず》んでいたタカギさんが、いきなり腕を天に上げ「池ちゃんバンザーイ！」と叫んだ。

池ちゃんが「しーっ」と唇に人差し指をあてた。

「え、タカギさん、やめてよぉ。ういてる、ういてる」

それでも、タカギさんは、

「池ちゃんバンザーイ！　池ちゃんバンザーイ！」

と顔を真っ赤にして力のかぎり叫んだ。

「池ちゃんバンザーイ！」

仲間たちもタカギさんに続いた。みんな思いっきり天に手を伸ばし叫ぶ。さくらも小さな手を天に伸ばしピョンピョンとジャンプした。

わっ、なんの盛り上がりやねん……みんなのテンションについていけず半歩後ずさったママは、うめを抱いているおかげでバンザイに参加せずにすんでほっとしたが、タカギさんたちのなりふりかまわぬ別れの様子に少し胸にこみ上げてくるものがあった。

「池ちゃんバンザーイ！　池ちゃんバンザーイ！」

まったく、と呆れた顔の池ちゃんは滑り込んでくる新幹線の鼻先を目の端に捉えた途端

に真顔になって、

「今までありがとうございました」とみんなに向かって深々とお辞儀をした。

それは百貨店が倒産した時のお辞儀よりもうんと心がこもっていて、温かなお辞儀だった。

こぢんまりとした輪の中で、サーモンピンクの晴れ着姿の池ちゃんへ向かって拍手が湧き起こる。

その昔、閉店を惜しむお客さんから貰った割れんばかりの拍手とちがって、池ちゃんだけへの拍手だ。やまない拍手の中、池ちゃんもまた新しい年へと歩いていった。

うめを抱いたママは池ちゃんを乗せた新幹線がトンネルに消えても、しばらくその暗闇を眺めていた。

「ママ、かえるでー、おいていくよー」

佐々木君たちと先に歩きだしたさくらがママを振り返る。

ママは深呼吸した。池ちゃんの消えたホームの草いきれを思いっきり吸い込むと、溜息のように吐き出す。

「さあ、うめちゃん、いこか」

ママは腕の中ですやすやと眠るうめの額に頬をよせ、ゆっくりと歩きだした。

# 第三章

# もしもし屋のカンリくん

「痛《い》てっ！」

土踏まずで思いっきり何かを踏んだママは、バランスを崩し、膝をついて二度目の「痛てっ！」と一緒に、この冬初めての白い息を口からこぼした。

台所のクリーム色のフロアタイルの上に丸くなって膝を押さえ、「ああ」と叫び声とも溜息ともつかない声を上げる。

視線の先にはどんぐりがあった。

「ママこんなデカいどんぐり初めて見たやろ？　うめちゃん一等賞や！」昨日の保育園の帰りに次女のうめが意気揚々とポケットから出した、五百円玉大のものだ。

茶色い艶やかな丸い体のそれは、灰色の帽子を被って転がっている。

「くそどんぐり！　絶対捨てたる」

ママはよろよろと起き上がり、どんぐりを拾い上げ食卓に置き、やかんを火にかけた。

「みゃあ」

ダイズが足元に寄って来て挨拶をする。

「ダイズおはようさん。えらいな、勝手に起きてくれるのはあんただけや」

台所のすぐ隣の六畳の居間に行き炬燵のスイッチを入れ、居間の隣の寝室の襖を開ける。四畳半の部屋を占領するダブルベッドの上に、うめとさくらが眠っている。

「おふたりさん、おきてー」と声をかけながら、ピンクの小花柄のカーテンを開ける。

先に目を開けるのは小学五年生のさくらだ。

「ねむい」

「ママだってねむい、世の中みんなねむねむい」と言いながらさくらの掛布団を剝ぐり、「うめを起こしたってな」と台所に戻る。

ママは台所に戻ってトースターにパンを放り込み、コーヒーカップにインスタントコーヒーの粉をバサッと入れて湯を注ぐ。

ヤクルトを二本冷蔵庫から出しストローを挿してお盆に乗せると、今度は洗面所に行って顔を水でさっと洗い歯を磨き、素早く台所に戻るとトースターからパンを取り出しジャムを塗り、さっきヤクルトを乗せたお盆に乗せ、居間の炬燵の上に運んだ。

さくらが炬燵に座りぼーっとテレビを眺めている。朝は決まってＮＨＫの子供番組だ。

「さくちゃん、さっさと食べて着替えて、うめ〜！」

寝室に入るとまだ目を閉じているうめの布団を引っ剝がし、丸くなって寝ているうめを抱き上げて炬燵まで運び座らせると、やっとうめが目を開けた。

「うめ、パン食べて」と声をかけて、寝室に戻り押し入れを開けてプラスティックの衣装ケースの中から服を出して着替え、うめの着替えを持って居間に戻り、テレビに釘付《くぎづ》けになりながらパンを食べているうめを着替えさせる。

台所に行き、コーヒーをすすりながら保育園へ持たす箸箱とプラスティックのコップを巾着袋に放り込み、通園カバンに入れた。

「さくちゃん！　七時四十分やで〜！」と声を張り上げながらジャケットを着て、炬燵に座ってテレビを見ているうめにジャンパーを着せて、家族三人玄関に向かう。

ダイズは玄関にちょこんと座って、みんなを見送っている。

「あ、さくちゃん、テレビと炬燵消して」

「はいはい」

さくらが慌てて居間に戻りテレビと炬燵を消してから靴を履くのを、玄関ドアにカギを挿して開けたまま待ち、さくらが外に飛び出したらすぐ、ドアを閉めて鍵をかけた。

階段を降りながらさくらに「気をつけてな」と声をかけ、25号棟の前で「いってらっしゃい」と別れる。

茶色いランドセルを背負い走って行くさくらを一瞬だけ見送り、ママはうめと手を繫いで歩き始めた。

切り開かれた山の中腹にある団地を出て、なだらかな下り坂の道を十分ほど歩けば保育園に着く。自転車が使えれば便利だが、帰り道の上り坂を思うとぞっとする。ここに住む人は歩くか、電動自転車を使う。ママは毎朝「電動自転車欲しいなぁ」とつぶやいて坂を下った。

うめが急にしゃがみ込んだ。

「うめ、いくよ」

「はっぱの上にいっぱいどんぐりがある」

道路の脇に集められた落ち葉の上に、どんぐりがこんもりと小さな山を作っている。

「だれかが集めておいてはるんや。触ったらあかん。いくで」と歩きだすが、うめはまだしゃがみ込んでどんぐりを見ていた。

「もー、遅刻するやん。ママ、またカンリくんに怒られるわ。いくで」

うめの手をとり、速足で歩く。

「ママ、カンリくん怖い?」

「うん、カンリくんは厳しいんやからな。情けも容赦もないねん」

「ママ、カンリくんしばいたりよ」

「うめ、しばくは悪い言葉やから使ったらあかん」

「じゃ、どつくは」

「どつくもあかん」

「なんやったらええの?」

「さあ、なんかええ言葉考えてみ」

保育園に着くと、キリン組に入り、うめの通園カバンをロッカーに入れ、部屋の入り口に置いてある連絡表に記入する。

『今朝の体調。◯、△、×』にはとにかく◯を付ける。『保育士への伝言』なし。『お迎え時間』十九時。

「お願いします」と部屋を出ようとすると、

「あ、お母さん」

と、保育士に呼び止められた。保育主任のベテラン保育士だった。

白髪交じりのショートカットにがっしりした筋肉質の体型の先生で、いつもパツパツの窮屈そうなジャージのズボンをスパッツのように穿いて、その上にキャラクターがプリントされたオーバーサイズのTシャツを着ている。今日はドナルドダックの顔面がでつかくプリントされていた。

「お急ぎのところごめんね」

少しかすれた太い声は何を話してもどっしりとしていて、自信がみなぎっているように聞こえる。

「お母さん、おたより読んでくれてます？」

うめのロッカーに入っているプリントを持って帰っては、「とりあえずは」と靴箱の上に放置した紙の山がママの頭に浮かぶ。

「いや、ぜんぜん読めてなくて」

ママは申し訳なさそうなそぶりで言った。

「九月から体育の先生が来てくださっていて、体操服入れの巾着にクラス名と名前を書いたゼッケンを縫い付けて頂きたいんです。再三、おたよりでご案内してたんですが」

「ゼッケン？」

「これね」

先生は肉厚の指で部屋の壁を示した。壁にはフックが並んでおり、そこにずらっと巾着袋がかけられている。色とりどりの巾着袋に正方形の白いゼッケンが縫い付けられていて、親の手書きだろう太いマジック文字でクラス名と名前が書かれていた。

その真ん中あたりにかけられたスーパーの袋。それはうめが体操服を入れているものだった。

ああ、たしか、お盆くらいに担任の保育士がそんなこと言うてたような……またやってしもた。毎日この部屋にくるのに、あの壁の巾着にまったく気が付かんかった……。

「すみません、今日か明日にでも買ってきます」

ママが頭を下げてドアに向かおうとすると、

「いいの、いいの。もったいないから、無理して買わなくても、自宅に余ってる布で作って頂いてもいいんです。おたよりに巾着の縫い方も載せてますから。簡単ですよ、ササササッてできますよ。大丈夫」と保育主任がママの肩を叩いた。

「ササササ、ですか」

「そう。簡単でもいいの。お母さんの手作りには愛情が入ってるからね」

さらりと言った保育主任の悪気のない物言いがママの心にひっかかった。

また『手作り＝愛』ってやつか。

「ははは、スーパーの袋じゃ愛情ゼロですねぇ」

ママはわざとガサツさを強調するように、陽気な声を出した。

もともと大雑把な性格のママは、毎日の慌ただしさから輪をかけて大雑把になっている。ちゃんとしなきゃ、と頭の端っこで思いつつも、余裕なく一日が終わり気が付けば置いてけぼりになっている「やるべきこと」だらけで、「ちゃんとできる風の人」の何気ない一言がまるで笑顔で悪口を言われているように胸に突き刺さる。

出産前の「無痛分娩なんてだめ。痛みを感じるから愛情が湧くのよ」という何の根拠もない戯言《たわごと》からはじまり、さくらを生んだばかりの頃の「粉ミルクは飲ませちゃ可哀想」に続いて、「布おむつ使ってあげたほうが赤ちゃんのためなのに」「三歳までは保育園にやらずに家に居てあげたほうがいいよ」「学校から帰ると『おかえり』ってお母さんが迎えてくれることが子供の幸せだからね〜」「週末にまとめて料理しちゃって、冷凍しておくの。レトルトとか食べさせたら愛情が伝わらなくて可哀想」「母親の手づくりの洋服を着てる子供って良い顔してる」など……相手にとっては愛情話だったり武勇伝だったりするだけの話が、ママには暴言に聞こえることとすらある。そのたびにイラッとしたり、自分はダメな母親だと思ったりすると乗り切れないと悟ったママは、鈍感でガサツな親ですと開き直った態度を取った。

「じゃ、お願いしま〜す」

仕切り直しでもう一度挨拶すると、ママは小走りで部屋を出た。

保育園の門扉をくぐり子供たちが外に出ないように門扉のかんぬきをかける。うめはもう友だちとブランコに乗って遊んでいる。入園した一歳の頃は門扉に摑《つか》まって、檻《おり》の中に収監された囚人のように恨めしい顔でママを見送っていたのに、年中さんになった今じゃすっかり保育園が我が家のようになっている。

家と家に挟まれた細く曲がりくねった坂を下り始めると、風向きによっては潮の香りが鼻をくすぐる。ママの住む街からひとつ山を越えると海がある。街の一番高台に登ると、天気が良ければ山の向こうにうっすらと海が見えると聞いたが、ママはそこから海を見たことがない。それどころか、佐々木君と離婚して、家賃の安い公営住宅があるこの街に越して来てから街外れのその高台に登ったことは一度もなかった。

巾着、作らんとあかんのかな。そもそも手芸屋さんに布を買いに行く時間ない……。

みんな、いったいどうやって時間を作っているのだろう、とママは思う。

今年はさくらの学校のクラスのＰＴＡ役員になったが、一度も顔を出していない。

「くじ引きなんで、ぜったいに断れないんです」

電話口でＰＴＡ役員だと名乗った女性が言った。さくらのクラスメイトの母親だろうが、面識はない。

「いや、仕事が休めないんで、お引き受けすると逆に失礼だと思って……」

ママが辞退すると、

「それは私も仕事してるんで、条件は一緒です」

その女性はきっぱりと言った。

「うちは母子家庭で、大人が私一人だから代わりに行ってもらうこともできないし」

ママの言葉に、

「うちは夫がいるけど、仕事で子育ては手伝って貰えないですよ？　そういう意味ではどのうちも母子家庭みたいなもんでしょ？」

と悪びれずに言ったその人の言葉に、ママはげんなりした。

「母子家庭と母子家庭みたいな家庭は違いますよ。たとえば、カレーとうんこくらい、見た目は似てても中身は非なるものです」

あー、このたとえめっちゃ最低、と思いながらも、他にしっくりくるたとえが浮かばなかった。結局ママは役員を引き受けたが、危惧したとおり一度も参加はできていない。

きっと下品でルーズでへんてこりんな母親と噂《うわさ》されているだろう、と思うとさくらに申し訳ない。

「エンドレスやな」勝手に口から洩《も》れたその言葉に、ママはハッとして周りをうかがった。駅に向かう道、目の端でお互いを知りながら誰もママを見ないしママも見ない。

エンドレスって、何やねん。まあ、だいたい言いたいことは分かるけどさ。ママは自分でつぶやいた言葉に、心の中で自分で突っ込みを入れながら歩いた。

駅の近くには大きな溜め池がある。その前を歩きながら、ママはいつも遠い池の対岸に目をやる。張り巡らされた青いフェンスのずっと向こう、いつものシルエットが見える。灰色の水鳥。鶴のような足の長い鳥で、溜め池のほとりにずっと佇んでいる。

あの鳥は何をしてるんやろう。何を思って、毎日毎日そこに立ってるんかな。いや、きっと何も考えてない、ただ、あそこに立ち続けるのがアレの本能なんやろな。ただ、立ってるだけ。

あんたは気楽でええな。とママは心の中でつぶやいた。

ところどころ崩れた荒れたアスファルトの道に足を取られないように注意深く、でもできるだけ速足でそこを通り過ぎ、しばらく歩くと駅に着く。

ママが肩にかけたカバンから定期券を出し、小走りで改札をくぐると電車が近づく音がする。ホームへ続く階段を駆け上がると、ちょうど到着した電車に滑り込んだ。

あと一分早く家を出ればこんなに急ぐこともないのに、と毎朝同じことを思いながら肩で息をして吊《つ》り革に摑まり、会社の最寄り駅を知らせるアナウンスが聞こえるまではぼんやりと電車の揺れに身を任せる。

毎朝、ママは電車の中で海を想う。

晴れた日は朝日をうけてぎらぎらと光り、風の強い日には魚の大群が泳ぎまわっているかのようにうねり、雨の日は真っ黒で寒々しくそこにあるのだ。

今度の休みこそ電車に乗って海へ行こう。娘たちを波打ち際で遊ばせて、私は裸足《はだし》になって砂浜に腰をおろし、砂に足を埋めながら思い存分海を眺めたい……とママは毎日同じことを思った。

端にはいつも同じ女が座っている。日替わりでスーツが変わる女で、きっと付け睫毛《まつげ》だろう、不自然な長い睫毛が印象的だ。

その女は毎日ジッとスマホの画面を眺め、時々顔をほころばせ、通勤時間を目いっぱい楽しんでいるように見える。

ママはその女を眺めるのが好きだ。

きっとあれはペットの動画だ、とママは思っていた。

毛のない猫、あの宇宙猫みたいなやつ、なんて種類だっけ……スフィンクスだ。高層マンションで一人暮らしの家に帰ると足元にすり寄って来る肌色のスフィンクス。名前はアレキサンダー。

「アレキサンダーただいまぁ」女はそう言いながら、日替わりで変わるスーツのジャケットを脱ぐ。ソファーに座り赤ワインを飲みながら、アレキサンダーの毛のない喉元を撫でる女はワインレッドのバスローブを羽織り、外国語のニュースを眺める。

女はワイングラスに赤ワインを満たし、ママに向かって「乾杯」とグラスを傾けるとスマホの画面を見せて、「これがあなたよ」と言った。スマホの画面は真っ黒だった。顔を近づけて見ると、死んだ蟬《せみ》に群がる無数の働き蟻《あり》の姿があった。

不意に誰かに押されて、ママはハッと目が覚めた。吊り革を摑む手が汗ばんでいる。どっと電車を降りて行く人、人、人。

ママもその流れに身を任せ、電車を降りた。

改札を出ると、会社まで小走りで五分。

八時五十分に会社に到着するとすぐに席に着き、パソコンの電源ボタンを押す。

『管理奉行のカンリくん』がパソコン画面に現れる。侍をイメージしたアニメキャラのカンリくんは、ママの勤務している会社が数年前から導入している独自のシステムで、勤怠や売り上げなど、さまざまな情報を管理している。

広げた扇子を右手に持つカンリくんの口から吹き出しが出てきて、「しばらくおまちくだされ！」と笑顔になった。

パソコンが立ち上がるまでに平均して五分ほど時間がかかる。

ママは事務所の入り口にあるロッカーに向かい、コートを脱いでハンガーにかけると事務所を出て給湯室に入り、コップ置き場からマイカップを取り出す。給湯器から湯を入れ自席に戻り、引き出しからティーバッグを取り出してカップに浸す。

もっと早く家を出られればな……。一日の中で一番イライラする時間だ。

九時を一秒でも過ぎればカンリくんは「お主を遅刻登録しましたなり！」と悲しそうな顔をする。

こっちは十分前には会社に来てるのに、カンリくん、お前がパソコンを立ち上げるんが遅いせいで遅刻になったんじゃ！　遅刻登録された時には、うめじゃないけれど「しばくぞ！」と心の中で絶叫してしまう。

パソコンが立ち上がるのを待つ間「一九八一年の今日沖縄で新種の鳥ヤンバルクイナが発見されたでござる！」や「電柱の中は空洞になっておるのでござるぞ」とカンリくんが

まったく役にも立たないミニ知識を伝えてくる。その「待っている間の時間つぶしにどうぞ！」的な気遣いがよけいにママの苛立ちを倍増させる。

「そなたのパソコンが立ち上がりもうした！　ＵＳＢキーを挿入し出勤登録をしてくだされ！」とカンリくんが扇子を振り回し舞い始めると、素早くＵＳＢキーをパソコンに挿しパスワードを入れる。

「社員番号ＡＺ８６５００７さん、出勤確認できましたなり！」とカンリくんはウインクして手をふると、画面の中に消えていった。

八時五十八分。よっしゃ！　今日は間に合った！

九時丁度に会社オリジナルの健康メニュー「三分間すこやかストレッチ」の軽快なメロディが流れてくると、フロアにいる五十人ほどの人間が一斉に立ち上がり体操を始める。

部長の席の隣にあるテレビモニターでは、レオタード姿の女が音楽に合わせてストレッチをしている。

「三分間すこやかストレッチ」は勤務の規定にはないのでするかどうかは任意だが、実際には二年ごとに入れ替わる営業部長の好みによって変わる。まったくストレッチしない部長の時はみんな聞き流して仕事をしているが、昨年の春に営業部長としてやってきた小室《こむろ》部長は「三分間すこやかストレッチ」が好きらしく、率先して腕をぐるぐる回し、激しく体をくねらせる。

ママも仕方なく音楽に合わせてストレッチをしていたが、まるで風に揺れる木の葉のように不規則に揺れているだけで、ストレッチとは程遠い。

ママの斜め前の席では、千鶴子《ちづこ》さんが懸命に腰をひねりお尻を振っている。

千鶴子さんはストレッチする部長が来ようが、ストレッチしない部長が来ようが関係なく必ず張り切って「三分間すこやかストレッチ」をやる。

「私、朝の三分間でこのウエストを維持してるからな」と千鶴子さんがお腹を突きだすと
「その十三号の身体のどこにウエストがあんの?」と礼子《れいこ》さんに必ず鼻で笑われた。

礼子さんはママの斜め後ろの席で、けだるそうに立って手首をヒラヒラと振って、とりあえず参加している。

ママの隣の席の明美《あけみ》ちゃんだけが、レオタードの女のストレッチを正確に再現して踊っていた。

長女のさくらを生んだ翌年、ここに入社して早いもので十年が過ぎた。

その十年の間に離婚して次女のうめを生んで産休と育休を取り、復帰して、ママは目まぐるしい毎日を送っていた。

「三分間すこやかストレッチ」の音楽が鳴り終わると、みんな一斉に席に着く。

さっきまでレオタード姿の女を映していたテレビのモニターに、ちょんまげ頭のアニメキャラのカンリくんが現れた。

「おはようございます。今日の本部指示を申し上げます。昨日の全体の売り上げは前年に比べて十五パーセントペースダウン、業界全体においても十パーセント遅れをとっている状態です」

　口をパクパク動かしているカンリくんの声は日替わりで変わるが、かならず若い男の声だ。本社の新入社員がアテレコをするのが決まりらしい。

「本日、皆様は十五パーセントを取り戻すべく行動することが最重要課題になっております。朝礼後速やかに部長の指示に従い、社訓にもありますように『自己実現！』をモットーに業務に取り組んでください」

　ママは手元にある書類を整理しながら、今日する仕事を頭の中で整理する。入り口正面の大きな窓に背を向けて座る部長席に向かって、碁盤の目のように机が並べられ、そこに座るだれもテレビの画面に目を向けず仕事をしている。

「では、きょうも一日頑張るでござる！」とカンリくんが（正確にはアテレコしている新入社員が）叫ぶと朝礼は終わる。

　九時半になると、ママの席の近くの千鶴子さん、礼子さん、明美ちゃんを含め二十人ほどのメンバーがノートパソコンを抱えてオフィスを出て、同じフロアにある「もしもし部屋」と呼ばれる部屋に入る。窓のない鼠《ねずみ》色の壁に囲まれた部屋に、焦茶色の木製の長机が並べてあり、一つの机を二人で使うことになっていた。

　ママたち「もしもし屋」の仕事は、ここで夕方十七時まで延々と電話をかけ続けることだ。営業が自社商品を売るためのアポイントを取る業務だった。

　ノートパソコンを開くと、またカンリくんが現れて「本社から新着です。本日の顧客ファイルがありますする」と吹き出しの文字が現れた。

「本日の顧客」ファイルを開くと名前、住所、電話番号、生年月日が無数に並ぶ。とにかく上から順番に電話をかけていくのがママたちの仕事だ。

　会社支給の携帯電話とパソコンをケーブルでつなぐと、リストの一番上にある顧客が赤く点滅する。そこをクリックすると自動的に電話が発信され、通話が終わると結果を選択するボタンがＡＢＣと三つ出てくる。Ａは営業に連携、Ｂはお断り、Ｃは不在。電話の内容に沿ったボタンを押して、次の顧客に電話をする。時間内に何本かけたか、何本つながったか、何人にアポイントが取れたかをカンリくんがすべて管理して分析し、ママたちの仕事の評価をしてくれるのだ。

　電話がつながると、手元に置いてあるマニュアルどおりに話をする。

「突然のお電話失礼いたします。わたくしＯＧＭジャパン西日本支部の佐々木と申します。タナカジロウ様はご在宅でいらっしゃいますか」

　ここで「今忙しいので」などとあしらわれるのがほとんどだが、「けっこうですっ！」「かけてくるなっ！」と怒鳴られることも日常だ。

「どこで私の番号を知ったの？　それって個人情報の乱用ではないの？　あなたがたほどの企業がなぜそんなことをするの？」といきなり炎上することもある。

　そうなるとママたちは「さようですか」「おっしゃるとおりでございます」「たいへんもうしわけございません」を連呼して嵐が過ぎるのを待つしかない。

「誰のおかげで会社が成り立ってると思ってるの？　私たち顧客のおかげでしょ？　大きな会社なんだから良い給料もらってるんでしょ？　私の名前をリストから削除して、削除した証拠を持って上司と謝罪に来なさい」

　相手はママの心を煽《あお》るようなことをひたすらぶつけてくる。この挑発に乗って少しでも「でも」などと反論しようものなら「誰に向かって言ってるの？　私は顧客よ！」とさらに燃え上がってしまう。

　電話の向こうの相手にとって、ママたち「もしもし屋」は人間ではない。カンリくんのように血の通わない、名もなき「もしもし屋」なのだ。

　このやりとりに、「もしもし屋」に回された新人はかなり落ち込む。電話口の見知らぬ相手に自分自身が拒絶された気持ちになるのだ。

「あれ、斎藤《さいとう》ちゃんまた休み？」

　千鶴子さんの声に、「斎藤ちゃん、とうとう脱落したみたいですよ」と明美ちゃんがパソコンから目を離さずに言った。

「そっか、二か月も踏ん張ってたのにねぇ」

千鶴子さんは溜息を吐いて、また電話を耳に当てた。

「もしもし屋」はOGMジャパンの墓場だ。平均して三十人ほどが「もしもし屋」として
この部屋にいるが、ここに回された人はたいてい数か月で辞めてしまう。

ママも次女のうめを生んで育児休暇明けに「もしもし屋」を任命された時、当時の部長
に猛烈に抗議した。

「どうしていきなり職種替えなんですか？　育児休暇を取ったせいですか？」

部長の前に仁王立ちしたママは怒りでプルプルと震えていた。

「私、もしもし屋なんてできません」

部長は席に座ったまま何も言わずママをジッと見上げていた。

「私、事務職として入社したのに……」

部長は定年前の五十九歳。とにかく穏便に日々をやり過ごしている男だった。

話さない、褒めない、怒らない、関わらない。

ただそこにいるだけの部長を、みんな影で「地蔵部長」と呼んでいた。

ママは地蔵部長に怒りながらも、どうにもならないことは分かっていた。

こんな、従業員がごちゃまんと集まるここを、小さい力で変えることなんてできない。

それはこの、目の前にいる、役職をもらってママの何倍もの給料をもらって「ぶちょー」

と呼ばれる白髪混じりの男も同じなのだ。もっと言えば、数年に一度社員の決起大会に現れ金屛風《きんびょうぶ》の前に立ち、三百人いるこの街の従業員を並ばせ握手会を開く、今年喜寿になる社長だって同じだ。

それでもママは抗議せずにはいられなかった。

「佐々木さん人事って何だか知ってる?」

身体を固くして自分を睨みつけるママを見上げたまま、地蔵部長が口を開いた。

「人事はね、あなたへの提案ではないの。決定事項なのね。決定を受けてあなたが今後どうしたいか、だからね」

地蔵部長は淡々とそう言い、その淡々とした口調に、ママは初めて会社で涙をこぼした。仕事を辞めるわけにはいかないことは分かり切っていた。うめを出産してから職場復帰するまでの一年四か月の間、年収の半分程度の額の育休手当では生活できず、生活費の足りない部分をママはクレジットカードでキャッシングをしてしのいでいた。

リボ払いで借りて、月末に一定額を返済して、また借りるを繰り返す、いわゆる自転車操業を続けるうちに、育児休暇中にできた借金はかなりの額に膨らんでいた。

もしもし屋でも何でもやるしかないと理解しながらも、やるせなさが押し寄せてきて心を一瞬で真っ黒にした。離婚してからのいろんなことが胸をよぎる。

テントから帰って来なくなった佐々木君。「あなたがちゃんと男を選ばなかったせいよ。

自業自得」と溜息を吐いたママのお母さん。唯一心を許せる友人は親の介護のために実家に帰ってしまい、それっきり会っていない。

出産後、なるべく早く職場復帰しようと、うめの保育園を探して訪ねた区役所で、「すぐ働きたいんです。毎月借金して生活してるんです。保育園に入れてください」と訴えたママに、「こんな不安定な家庭状況なのに子供を生むから」と言い放った係の男の冷酷な言葉を思い出した。

世の中はみんな、私みたいな馬鹿な人間をいじめるためにあるんや、と叫びたくなったが、そんなことをしたところでスッキリしないどころか、余計に落ち込む気がしたので黙っていた。叫ぶ代わりに、ママはジャケットのポケットからハンカチを出してわざと大きな音を立てて鼻をかんだ。

部長の後ろには広いガラス窓があり、真っ青な空に白い大きな雲がゆっくりと流れている。ママは突っ立ったまま、雲が流れるのを見つめていた。

「佐々木さん、今日はもう帰る？　ご家族に相談したら？」

地蔵部長が優しい声を出した。

「相談する人はいません。家族は猫と子供だけなんで」

ママは首を横にふった。

「……僕ね、この会社に入った時ね、開発部だったのよ、知ってる？」

ママはまた首を横にふる。

「大学ではね『アルマジロは夢を見るのかという考察からの消費税探訪』って論文書いてね。もの凄く評判よかったわけ。柔軟な発想の新人がきたって。でもさ、入社二年目でいきなり『開発のためには現場を知れ』って、人事部からの通達で営業部長を任されたんだよねぇ」

部長は椅子に深くもたれて腕を組んだ。

「それから三十五年、転勤、転勤で十二回引っ越してんだよ。もう充分現場は知ったけど、一向に開発に戻してもらえんのよねぇ……」

ママは鼻をかんだハンカチで涙を拭った。

「僕の開発部への辞令、いつでるんだろうねぇ」

そこで初めて表情を崩ししかめっ面をした地蔵部長に、ママは身体の力が抜けた。

「もしもし屋やってみたら。気が付いたら三十五年経っているかもしれないよ」

地蔵部長の机の端にいつも置いてある『定年後のスローライフ』というハードカバーの本からニョキニョキとはみ出た色とりどりの付箋を見ながら、ママはこっくりと頷いた。

ママはもしもし屋になり地蔵部長は定年退職した翌年癌《がん》で亡くなった。あの付箋を貼ったページのうちのどれくらいを、地蔵部長が実行できたろうと電話をかけながら時々想像した。田植えをする地蔵部長の姿を思い浮かべるたびに、ママは顔をほころばせた。

十三時になると、パソコンの右下に小さくカンリくんが出てきて「休憩してくだされ！」と促してくる。

もしもし屋のメンバーはみんな自分が電話を切ったタイミングで立ち上がり、部屋からぞろぞろと出て行く。

ママが電話を置いて、画面上のカンリくんをクリックすると「３６００」と数字が出て「３５９９、３５９８、３５９７、３５９６……」と０までのカウントダウンを始める。

「休憩や」ママは小声でつぶやくと椅子から立ち上がり伸びをして、廊下に出た。

最近アポイントが取れない。アポイントの数によって給料につく手当が違ってくる。

この数か月、ずっと手取りは十四万円ほどだった。

家賃、高熱費、保育料……。右から左に出て行って、なおかつ上からでも下からでもお金をかき集めて生活しなければならない。ママは溜息を吐いて給湯室に向かった。

フロアには休憩室が二か所ある。自動販売機とテーブルと椅子が置いてある明るい部屋と、狭くてささくれた畳敷きの和室だ。もしもし屋のママたちはその和室を使っている。

薄暗いその和室は物置としても使われており、四角い卓袱台を取り囲むように段ボールや防災リュックが置かれている。

ママは給湯室でカップ麺にお湯を注いで、こぼさないように慎重に運び、和室のドアを開けた。

「ささやん、おつかれ」

千鶴子さんがママに声をかけた。

ママは会社では「ささやん」と呼ばれている。離婚はしたが旧姓には戻らず、佐々木君の名字を名乗っているのだ。

「どうして別れた夫の名前を名乗ってるの？　未練は捨てなさいよ」とママのお母さんに言われたが、理由はたったひとつ。名義変更がめんどくさかったからだ。銀行口座、クレジットカード、社員証、それにもっともめんどくさいのがランドセルだ。

「ランドセルは一生に一度の大事な買い物だよ？　あんたのためじゃなく、さくちゃんのためなのよ？　私、子供を持ったら絶対このランドセルを買うつもりだったのよ」と池ちゃんに説得されて買った特注ランドセルには、「佐々木さくら」と刺繍が施してあった。それをまた業者に戻して刺繍を変えてもらうのは、ママにとっては非常に手間がかかることで、名字なんか別に何でもいいや、とランドセルに合わせて「佐々木」のままにしたのだ。ママがお母さんにそう説明すると「別にいいわけしなくていいわよ」と一蹴されたが。

「ささやん、またカップ麺？」

「そーっす。一個八十八円っす」

「八八、末広がりっ！　めっちゃ縁起ええやん」

千鶴子さんはケラケラと笑いながら、「ウインナー食べ」と自分のお弁当箱から赤いウインナーを箸で摘《つ》まんでママの手に乗せた。

「あざっす」

ママはもぐもぐとウインナーを頬張る。

「ささやん、ちゃんと野菜たべなきゃ、ほら、せめてこれ飲んで」

礼子さんがママの手にビタミン剤を乗せた。

礼子さんは十年以上もしもし屋にいる。それ以前は営業職だったらしいが、ご主人が病気になり仕事をセーブしたくて、もしもし屋に配属を希望したらしい。

そのご主人も一年ほどの闘病のあと他界して、礼子さんは未亡人だった。色白で整った顔立ちに、いつもけだるそうに静かな空気を纏っている。

「未亡人、ええ響きですやん！　エロティックでうらやましいです」と明美ちゃんが礼子さんをからかったことがある。ママは決して口には出さないが同意見だ。不謹慎だが「バツイチです」よりも「未亡人なの」のほうが色っぽくて男にモテそうだな、と時々考えている。

明美ちゃんはもしもし屋歴三年で、まだ三十代半ば、実家暮らしのシングルマザーだ。

夫のギャンブル依存が原因で離婚した明美ちゃんは、

「私の愛の力でパチンコやめさそうって頑張っちゃって。愛や真心でぶつかっても太刀打ちできないって気が付くのに十年かかりましたよ。最後は旦那の通うパチンコ屋に火を点けてやろうかってくらい精神的に追い込まれて、旦那が死ねばいいのにって願うようになったんです。毎日パチンコ屋にいく旦那の背中に手を合わせて、『パパ、お願いやから今日こそ死んで』って祈ってたのに、元気でギャンブルに励みまくるから離婚しました」

離婚してからいろんな人に何度も話したろう、こなれた口調で言って笑った。

未亡人の礼子さんの前で『パパ、お願いやから今日こそ死んで』はまずいやろ……。ママは未亡人の礼子さんがどんな顔で聞いているのか見るのが怖くて、カップ麺に目を置いたまましたすら麺をすすった。

「わかるっ。私も『パパ死んでっ』って思ったことあったわ」

合の手を入れたのは礼子さんで、ほっとしたママの喉が一気に麺を通して、ママは咳《せ》き込んだ。

「急いで食べんでも誰も取らへんでっ」

千鶴子さんがママにお茶を差し出した。

礼子さんは何かを思い出すように一点を見つめると「そうそう、んふふ」と笑い、「心底腹立ったことって、いくら相手が死んでも美化されへんから不思議やなあ」と言って、「でも、なつかしいわ、うふふ」とまた笑った。

礼子さんは何を思い出したのか語らなかったが、たおやかに笑った礼子さんは柔らかい光に包まれているようで、ママは命が尽きるまで夫婦を全うしたことを少しうらやましく感じた。

中学生の息子が二人いる明美ちゃんの弁当のおかずは決まってミートボールとウインナーと卵焼きで、タッパーにつめたご飯の上に無造作におかずが乗っている。息子二人の弁当にはプチトマトをプラスしているらしく、それを聞いた千鶴子さんは「うん、それが親心や」としごく納得していた。

毎日きっちりと化粧をしてくる明美ちゃんに「朝からマスカラ塗って、チーク入れて、明美ちゃん、あんたってめっちゃすごいな」とよくわからない褒め言葉をママは度々口にした。

「私にもビタミンちょうだいよ」

千鶴子さんが礼子さんに向かって手を出すと、「千鶴子さん、それ以上元気になってどうするんですか」と明美ちゃんが笑った。

千鶴子さんはママより十歳年上の同期入社で、入社してからすぐにもしもし屋に配属された、もしもし屋歴十年の大ベテランだった。

ママが初めて千鶴子さんと出会ったのは入社試験の控室だった。

控室で、ママの斜め前の椅子に座った千鶴子さんの顔にママの目は釘付けになった。

高い頬骨に鷲鼻《わしばな》とつり上がった目のとても印象深い顔をしている。一重の目と小さな丸い鼻が面長の輪郭にくっついているママには見慣れない種類の顔だったし、それでいてどこかで見た顔に思えた。

ママはあまりジロジロと見ては失礼だと思い、千鶴子さんの顔を直視できなかったが、その見慣れない種類の、でも見覚えのある顔を見たくて、見たくて、斜め前に座った千鶴子さんをチラチラと盗み見ていた。

タイピングのテスト中、あんまり千鶴子さんに気を取られすぎて、試験官の読み上げた文章を途中からしかヒアリングできなかったくらいだ。

ママの斜め前の席に座っていた千鶴子さんはじっとパソコンの画面に目をこらし、カタカタカタカタと小気味いい音をさせながらキーボードを打っていた。

「終了です。本日の合否に関しては書面にてお知らせします。お疲れ様でした」

面接官が言い終わると、千鶴子さんは颯爽《さっそう》と立ち上がり真っ先に部屋を出ていった。ショートカットのうなじが綺麗だった。

初出勤の日、エレベーターで「あ、あんた入社試験の時おったやろ？　合格？　よかったな」と千鶴子さんに声をかけられた。

「あ、はい」ママがあいまいに頷くと「あんた、テストの時、私の方ずっと覗いてたやろ？　カンニングはあかんでぇ」と千鶴子さんはガハハと笑いながら、エレベーターを降りて行った。

　それから数年して、さくらに白雪姫の絵本を読んでやっている時に、ママは「あ！」と声を上げげた。毒リンゴを持って来た悪い魔女の挿絵が千鶴子さんにそっくりだったのだ。

「ママの会社、魔女おるで」

「すごいなぁ！　ハーマイオニー！」とさくらが目を輝かした。

「ちゃうちゃう、こんなやつ。悪い魔女」

　ママが悪い魔女の挿絵を指差すと、さくらはガッカリした顔をしていたっけ。

「みんなここ使えばいいのにねぇ。レンジがあるから、あったかい弁当が食べられるのに」と千鶴子さんは言ったが、この部屋に誰も来ない理由を知らないのは千鶴子さんだけだった。千鶴子さんは他人を詮索するのが好きで、他のもしもし屋や女性社員たちから敬遠されている。

「旦那さん仕事なにしてるん？」

「旦那さん給料なんぼもろてる？」

「何で子供作らへんの？」

「賃貸に住んでるん？　いつ家買うつもりなん？」

　プライベートに迫る質問を次々とする。

「そんな不安定な仕事してどうすんの」

「その年でその手取りはきついな」

「早う子供産んどかな後がしんどいで」

「家買いよ！　家賃払い続けるんもったいないやん」と、それに対する意見をズバズバと言う。

ママも、もしもし屋に回されてここで休憩を取るようになってから、佐々木君との離婚のいきさつを千鶴子さんに根掘り葉掘り聞かれた。

ママは正確に正直に答えた。

「あはは！　それって手負いの野鳥とか保護して、元気になったらまた空に放すやつみたいやん！　あんたが日本野鳥の会で旦那がタンチョウヅルやん！　タンチョウヅル離婚！」

千鶴子さんが大きな口を開けて笑い出した。

「失礼やろ？　このひと、何でも動物でたとえたがるの」と礼子さんが呆れた顔をした。

「ええわー、タンチョウヅル離婚！」

千鶴子さんはママの離婚の原因に大うけで、手を叩いて喜んだ。

ママは一緒になって笑いながら、この悪い魔女といると気を使わなくていいな、と気持ちが楽になった。

休憩時間が終わる五分前に携帯電話のアラームが鳴ると、もしもし屋のみんなは部屋に帰って行く。

カンリくんのカウントがゼロになると同時に仕事を始めないと減点になるのだ。

それからもくもくと電話をかけ続け、十七時になると電話を終えて良い時間だ。パソコンの画面にカンリくんが出てきて「帰社登録をしてくだされ！」と文字が出てくる。

ママがカンリくんをクリックすると「お疲れ様でござるっ！」とカンリくんはパッと消える。もう翌日までカンリくんは出てこない。

ママが保育園のお迎えにギリギリ間に合う、十八時十五分の電車に乗るには十八時五分に会社を出ればいい。ママは今日の仕事のまとめをパソコンに打ち込んでいく。カンリくん的には、この間ママは会社にいないことになっている。いわゆるサービス残業だ。

十八時五分に携帯のアラームが鳴ると、ママは仕事が途中でもバタバタとパソコンを閉じて事務所を出る。開いたエレベーターに乗り込もうとすると「佐々木さん」と呼び止められた。

同じもしもし屋の斎藤ちゃんだった。二か月前にもしもし屋に配属されて頑張っていたが、一週間前からぱたりと来なくなっていた。

「斎藤ちゃん、どないしたん？　大丈夫？」

帰らなければ、と焦りつつママは斎藤ちゃんに笑いかけた。

「今日、退社の手続きにきたんです」

「斎藤ちゃん辞めるんか……」

「はい。次の仕事も見つかったんで踏ん切りがついて」

斎藤ちゃんは晴れやかな顔で言った。

「もう転職先見付けたん？　素早いなぁ」

「保育士です」

「へー」

「資格持ってるから、とりあえずそれを生かそうと思って」

「うんうん、それがええわ。頑張って。応援してるで」

ママは笑顔のままで斎藤ちゃんの肩を叩くと、エレベーターに乗り込んだ。

扉が閉じた瞬間、顔の上に貼り付いていた笑顔は消えて真顔になった。資格か……。

高卒でずっと生活のためだけに働いてきて、何の資格も持っていない自分と斎藤ちゃんを比べ、ママは自分を力のない情けない人間のように感じた。ここからするりと逃げてゆける斎藤ちゃんが羨ましかった。

ママはビルを出ると駅まで全速力で走り電車に滑り込んだ。

込み合う電車で吊り革に摑まりながら目を閉じる。電車で横になりたいくらいぐったりと疲れているけど、家に帰ってからもまだまだやらねばならないことがある。

地下鉄に乗り込んでも、ママはまだ斎藤さんの晴れやかな顔を想い出していた。

あの時、専門学校に進学していたら、人生は変わってたんやろうか……。何度も自問した問いが胸に現れた。

「あの時」とはママのお父さんが亡くなった、高校三年生の秋だ。

葬儀の数日後、学校から帰ると、見知らぬ男がリビングに立っていた。グレーのスラックスに白のカッターシャツにネクタイをして、その上に水色の作業着を着ていた。

「誰っ！」

ママはかなり驚いたが、

「あら〜、お嬢様ですね〜。おかえりなさいませぇ」

男は目尻と口角に過剰な皺を寄せ笑いかけ、

「わたくし、牛山《ぎゆうさん》不動産の者です。牛丼の牛に、山は富士山の山で、ギュウサン、牛山不動産ですぅ。宜《よろ》しくお願いします」と頭を下げた。

牛山不動産は家の中を見回しながら、バインダーに挟んだ書類に何やら書き込んでゆく。

「お嬢様は、今何年生でいらっしゃいますか？」

「高校三年生です……」

「高校三年生っ！　青春真っただ中っ！　ですねぇ。羨ましい限りでございます」

牛山不動産は壁や天井の隅を指差し確認しながら言った。ママはこの男をひとり残して自分の部屋に行くのは心配で、牛山不動産のきびきびと動く右手の人差し指を眺めていた。

「おかえりなさい」

リビングに現れたお母さんが、ママに牛山不動産と同じくらい嘘《うそ》くさい笑顔を作った。

「どう？　見積もり終わった？」

お母さんは顎を上げて牛山不動産を見た。

「はいっ、奥様。わたくしが今しがたザッと確認したところ、お家をかなり丁寧にお使いですので、誰かにお貸しになるにしろ、売るにしろ、水回りと畳を替えるだけで進められると思います」

牛山不動産ははしゃいだ声で言ったが、

「貸さないわ。売りたいの。すぐに売れたとしていくらになる？　入金は早くていつ頃？」

お母さんが低い抑えた声で早口に言った。

「え、この家売るん？」

学校のカバンを持ったまんま一部始終を呆然と眺めていたママは、そこで初めて口を挟んだ。

「そうよ。会社を大きくするために資金も必要な時期だし、いい機会だから、ここを引き払って、あなたと私のマンションで暮らすの」

お母さんは嘘くさい笑顔のままで言った。

「あのー、わたくし、席を外しましょうかぁ」

牛山不動産が眉間に皺を寄せて、悲しそうな顔をして言った。

「いいのよ。子供には決定権がないんだから。この話は終わりよ」

お母さんはぴしゃりと言った。

「売ったらあかん！　ここはお父さんと私の家や！」

ママが食い下がると、

「わたくし、せめて、耳をふさいでおきますので」

牛山不動産は悲しそうな顔をキープしたまま、両手で耳を押さえて目を閉じた。

「私、お母さんが何て言ってもここに住むから」

ママはお母さんを睨み付けた。

「あらら、何、赤ちゃんみたいなこと言ってんの？　無理よ？　ここは私の名義になってるから私の一存で売れるの。お父さんはもういないのよ？　死んだの。私たち二人っきりの家族になったの。しっかりしてちょうだい」

お母さんはまだ嘘くさい笑顔を顔に貼り付けたまま牛山不動産を振り返り、「売りますから、早急によろしくね」と言った。

牛山不動産はそっと両耳から手を離すと「では、お手続きを進めさせて頂きます」とママの顔にちらりと悲しそうな視線を向けて頭を下げた。

翌週には、ママはお母さんのマンションに引っ越しをさせられた。

お母さんのマンションはコンクリート打ちっぱなしの外観の小洒落《こじゃれ》た建物だった。

モノトーンの家具で統一された部屋の真っ白な壁には、等間隔で小さな額に入った白黒の幾何学模様の絵がかけられている。

大きな窓のリビングには、ガラステーブルを囲んで革の黒いソファーが置かれていて、お母さんは家にいる間はサプリメントを売る仲間を集めてそこに座り、ひっきりなしに会議のようなことをしていた。

お母さんの隣には、必ずスーツのおじさんもいた。

スーツのおじさんはスーツじゃない時もあったが、いつも襟付きの白や淡いブルーのシャツを着てぱりっとした印象で、ママの中では「スーツのおじさん」と認識していた。浅黒い肌に、やたらと歯の真っ白な男で、お母さんの家に引っ越した日、名前を聞いたはずだが、ママは覚えていないし、母親の彼氏に関わりたくなかったママは顔をちゃんと見ることもしなかった。名前はナカノだかタカノだった気がするし、サカイだかタカイだった気もするが、ママの中では「スーツのおじさん」で充分だった。

引っ越しの翌日、学校から帰ったママがリビングでテレビを見ていると、お母さんがスーツのおじさんと帰ってきてソファーに座った。

話すこともなく気まずかったママが部屋に戻ろうと立ち上がった瞬間、テレビから聞こえた外国語の歌に、

「この歌、あの時の」とお母さんがスーツのおじさんの腕に手をからめた。

「ほんまや、あの時の歌やな」とスーツのおじさんが笑った。

ソファーの上で微笑みを交わしたふたりを見て、ママは心の中で「まじかっ⁉　きもい！」と絶叫して、そっとリビングを出て自分の部屋に戻った。

「あのふたり、やっぱりそういう関係やったんか」

ママは「お母さんは浮気してる」という自分の主張が、ゲスの勘ぐりではなかったことにいささか安堵した。

スーツのおじさんを見つめるお母さんの顔は完全に女の顔で、思春期のママにとっては気持ち悪いとしか表現の仕様がなかった。

お母さん、やっぱりあの男と不倫してたんだ。

嫌悪感が湧くと同時に、ママはお母さんの幸せを手に取るように感じ愕然《がくぜん》とした。

この人、私がいるいないは関係なく、幸せなんだ、というやるせない気持ちが湧く一方で、何を今さらと冷めた自分もいた。

ママは学校から帰ると、お母さんからあてがわれた白い壁の小さな部屋に引きこもった。運び込んだ物を荷解きする気にはなれず、必要なものは段ボールから出し、使い終わるとまた段ボールに入れ、何とか布団を敷くスペースだけ確保して段ボールの要塞に身を潜めた。

「商品が売れないのはあなた自身の人間性の問題よ」

「あなたみたいに生産性のない人とは組めないわ」

毎日、リビングからサプリメント仲間を叱りつけるお母さんの声が聞こえてくる。お母さんの声を聞くだけで、その人をなじるお母さんの顔を想像できた。

ママはずっとイヤホンをしてラジオを聞いていた。見知らぬ誰かの関西弁のおしゃべりを聞き流していると、妙にほっとした。

一刻も早く大人にならなきゃ、と思った。

「せんせー、私、専門学校行くの辞めて就職する。寮のあるとこ探して」

ママの申し出に、担任の先生は広いおでこに皺を寄せた。

「せやけどおまえ、看護婦になるんとちゃうんか？　夏に進路指導に来てくれた時、おまえの亡くなったお父さん、えらい応援してくれてたやないか？　がんばらんかい」

先生はママを励ましたが、ママは頑《かたく》なだった。一分でも一秒でも早く家を出て、段ボールの要塞から逃れたい一心だったし、お母さんに進学のお金を出してもらうのが嫌だった。

「私、自立したいねん。働いて、お金が貯《た》まったら看護学校行くわ。働きながら看護学校行く」

「おまえは簡単に言うけど、働きながら学校行くってめっちゃ大変なことやぞ？　親に甘えられるうちは、甘えさせてもらえ」

親に甘えられるうちは甘える。

今の自分がそれに当てはまる環境にいるのかママには分からなかった。

「……せんせー、わたし、とにかくしんどいねん。今がたまらず、しんどい」

ママは机に突っ伏した。

お日様に照らされた机の温かさを頬に感じ、乾いた机の匂いと、校庭から聞こえる運動部の男子たちの掛け声が思いがけず平和で優しくて、ふいにママは泣きたくなったのに涙が出なかった。

「悲しいのに、泣きたいのに、ぜんぜん泣かれへん」

「おー、いじっぱり娘。ええやんか。泣くだけが悲しいって表現じゃないからな」

先生はからかうような口調で言ってから、

「まあ、おまえのしたいようにしたらええ」

とそれきり黙って、ママが顔を上げるのを静かに待っていてくれた。

ママは望み通り、社員寮のあるハンバーグ工場に職を得た。

就職が決まったと伝えると、お母さんは「いいじゃない。同僚でサプリメントに興味がある人がいたら教えてちょうだい」と真面目くさった顔で言ってから「あなたもやっと自立ね。ああ、やっとこれで私も子育てから解放されるわ！」と清々しい笑顔で言った。

「なにそれ」

お母さんの自己中心的な考えに呆気にとられ、ママが思わずつぶやくと、

「あなたも親になれば私の大変さが分かるわよ」

お母さんは自信に満ちた声で言った。

ママはハンバーグ工場に就職してから今まで、ことあるごとに「手に職をつけていたらもっと楽に生きられたのでは」と思ったが、あの段ボール要塞での暮らしを何年も続けるなんて無理だったろうとも思うし、看護学校に受からなかったかもしれないし、実際に看護師になれたとしても向いていなかったかもしれない。どっちにしろ私の努力が足りなかったのだとも思うし、選択肢はあったようで、なかったのだとも思う。


転職する斎藤さんに動揺したママだったが、最寄り駅に着く頃には「考えてもしょうがない」と心を立て直して電車を降り、足早に改札へ向かった。

改札を出るとママは全速力で坂道をかけ上がった。目の前を、長い髪を揺らしながら走っている女の人が目に入る。いつもお迎えが同じ時間になる、同じ保育園に子供を預けているママだ。お互い名前もしらない。

保育園に滑り込むと、保育園の入り口にある大きな仕掛け時計が七時を告げるメロディが聞こえてくる。

『こどものせかい』だ。

あのメロディが鳴り終わるまでに部屋に入らなければならない。一秒でも過ぎると罰金を取られてしまうのだ。

罰金は百円で高い金額ではないが、こんなに懸命に走ったのにお金を払うのは、ママにとってかなりの屈辱で、それはいつも走っているあの母親とて同じことだろう。

ダッシュしながら門扉をくぐり、玄関ホールで靴を脱ぎ、廊下を走りながらママは心の中で歌う。

すーてきなーせーかいーこどものーせーかーい
今日も最後の「せーかーい」の『い』で「うめ〜」と叫びながら教室に滑り込んだ。今日もギリギリセーフ。

うめは、先生とふたりで保育室の中で絵本を読んでいた。

「あ！　うめちゃんママおつかれさまですぅ」先生が甲高い声で迎えてくれる。

うめは絵本に目を落としたまま「ママもう来たん？　絵本読んでるんやから、まだこんでええのに」とそっけなく言った。

「はいはい、帰るで」

ママはうめのロッカーの荷物をまとめながら苦笑する。

と、部屋の隅にずらっと掛かる巾着袋が目に入った。

ああ、巾着の布とゼッケン買えんかった……。

まだ絵本を読んでいるうめに目をやると、ママはちくんと胸が痛んだ。

いや、逆境が子供を強くする。ボロは着てても心は錦！　うめ、スーパーの袋で乗り切ってくれ！

ママは「うめちゃん、おまたせ、帰ろうかぁ」といつもよりうんと優しい声を出した。

保育園を出て暗くなった坂道を手を繋いで歩く。さくらが家でひとりで待っている、と思うと自然と速足になる。もう長い間、さくらと無駄話することもなくなっていた。今日こそ、さくらが起きているうちに一緒にココアでも飲みながらおしゃべりしよう。

「ママ『シパク』は？」

うめが黄色い通園帽子を振り回しながら言った。

「なにそれ？」

「ママ、朝言うてたやろ？　しばくって言うたらあかんって。だから『シパク』はどうかなーっておもってん」

「シパクかぁ。まあ、しばくよりもちょっとかわいいな」

「やろ」

団地の敷地に入り25号棟の前に着くと、明かりの灯った我が家を見上げる。サビ猫のダイズを膝に乗せて留守番しているさくらが目に浮かんだ。

「さ、ご飯作ろー」と声をかけながら、ママはうめの手を引き団地の階段を登った。

# 第四章

# 王様の耳はロバの耳

ママは居間の卓袱台の下に散らばった綿棒の山を眺めていた。

それはサビ猫のダイズの仕業だった。

卓袱台に乗せていた綿棒が入った透明のプラスティックの入れ物を、ダイズがモフモフの可愛い前足でちょいちょいと突いて落としてしまったのだ。卓袱台の下に落ちて散らばった綿棒はもう一週間もそこにあり、さくらとうめは風呂上がりに卓袱台の下から綿棒を一本ずつ取って使っている。

あれを片付けないと。ママは目に入るたびにそう思いながら、どうしても片付ける気力がでない。誰も拾おうとしない。だって、それはママの役目だから。

ママは溜息を吐いた。

うめに冷えピタを貼ったら、今日こそ綿棒を片そう。

ママは冷えピタを冷蔵庫から取り出して、透明のセロファンをめくると、眠っているうめのおでこに貼り付けた。

「つめたい」

うめが目を開けた。

「どない、気分は？」

「もうしんどくない」

「そうか。そやけどまだ微熱があるで。ママはお仕事休まれへんから、パパに来てもらうからな」

「ささきくんくるん」

「佐々木君じゃないやろ。パパやろ」

「ささきくんやで、あのイノシシじいさんは」

うめが自分の言葉にクスクスと笑った。

離婚してから五年が過ぎても、相変わらずおでん屋さんのやっさんの叔父さんの家の裏山にテントを張って暮らしている佐々木君が、時々顔を合わすうめとさくらにずっと同じ話を聞かせる。

「パパのテントには誰も訪ねてこないけど、イノシシはたまに来るんだ。トントン、佐々木さんご飯くださいって、ブヒブヒって」

うめはその話が好きで何度聞いても笑い転げ、六年生になって急に大人びたさくらは
「ウソばっかり、ええ大人がテントで暮らすなよ」と白けた声を上げた。

「イノシシじいさんが来るまで、おめめ瞑《つむ》っとき」

ママはうめに布団をかけ直して台所へ向かう。さくらのために朝ご飯を用意して、着替えを始める。

「なあ、ＰＴＡのアンケート書いてくれた？」

朝の情報番組を見ながらパンをかじっていたさくらがママに声をかけた。

「あ、忘れとった！　今日持っていくん？」

ママはストッキングをたくし上げながら、慌てて居間に行く。

「また忘れとん？　今日までに持って行くって言うたやん！」

「どこに置いたっけ」

ママは書類を入れている引き出しを開けて、あわてて用紙を探す。

「ここ」

さくらがマグネットで冷蔵庫に留めてあった用紙を取ってきて、卓袱台に乱暴に置いた。

「ごめん、ごめん」

『インターネットの使用状況についての調査』と題された紙を眺めたら、まったく何のことやら読む気がしない。『はい　いいえ　どちらでもない』に丸をつけろという指示らし

い。ぜんぶ『どちらでもない』でええわ。ママはボールペンを走らせるが、インクがかすれて書きにくい。

このボールペン、寿命やな。ま、なんとなく見えたらええやろ。ママは強引に力いっぱい丸をつけていく。

「なあ、絵の具のお金は？」

「え、何やったけ、それ」

「図工の授業で使うアクリル絵の具注文したやん、お金おつりがないように持って行かなあかんて言うたやん」

「ああ、用意するわ」

「昨日も同じこと言うてたし」

「そうやった、ごめん」

ペンを動かしながら、ママは溜息を吐いた。

ピンポーン。

チャイムの音がして、さくらが玄関に走る。

「パパ！」

さくらの弾んだ声が聞こえた。

ママは胸がちくんと痛んだ。最近さくらはママを「ママ」と呼ばなくなった。会話はすべて「あのさ」「なあ」などの不機嫌な声の枕詞《まくらことば》で始まる。

これが反抗期かと思いながらも、さくらの気持ちを汲《く》まずに雑に日々をやり過ごしているせいだともママは思っていた。

先日も朝の支度をして『さあ、出かけようか』と玄関で靴を履いたとたん、「頭が痛い」とさくらが言った。

「え、今?」と咄嗟《とっさ》に聞き返したママに、さくらは驚いた顔をして、「そう。今、頭が痛い」と言った。

しまった!「え、今?」なんて聞き返すの、最低やん。

ママは一瞬口をつぐんだ。

頭の中で『今日は朝いちで苦情対応があるから遅刻できない』と『遅刻したくないからって、さくらに冷たくしてしまった』がせめぎ合う。

その空気を読んださくらは、

「でも、我慢できる。学校行って保健室で寝るから!」

と不機嫌な声で、先に玄関を出て行った。

「さくちゃん、お熱計ろうか?」

ママは今さらながら、さくらの背中に声をかけた。靴音を大きく立てながら階段を駆け下り、さくらは振り返らず学校へ行ってしまった。

そんなふうに『余裕がない』を言い訳にして、子供たちの心を置いてけぼりにしてきたあれやこれやを思い浮かべると胸が痛んだが、それと同時に、母親に対して自分の気持ちをストレートに表明できるさくらを羨ましく感じた。

こんなにせわしなく貧乏暮らしをしていても自分の子供時代のことを思うと、さくらもうめも幸せなのでは？　と思う。

毎日母親が子供たちのために仕事をして、ちゃんと欠かさず家に帰ってきて、ご飯だって作ってくれるし、家族一緒に川の字になって眠る毎日が当たり前に存在している。反抗できるほど母親と一緒にいるって、当たり前のことじゃないよ、と小さい頃のママが時々顔を出してさくらたちを冷めた目で眺めているのだ。

「うめは？」

佐々木君がおっとりと居間に入って来る。

「寝てるわ。微熱やから念のため休ませるから」

「そっか。あ、綿棒落ちてるで」

佐々木君は卓袱台の前にしゃがみ込んで綿棒を拾い集め、透明のプラスティックケースに戻すと卓袱台に置いた。

「イノシシじいさ〜ん」

うめの声が聞こえると、佐々木君は顔をほころばせて寝室へ向かう。

「パパ、おもしろいコントがあるんやけど、私が学校から帰ったら一緒にビデオ見ようよ」

さくらが佐々木君の後ろをついていく。

「佐々木君、冷蔵庫にうどんとかいろいろ入ってるから、うめが起きたら何か食べさせて。さくちゃん、ママ先に出るよ〜。遅刻せんようにね〜」

誰も返事はしなかったが、ママはかまわずに玄関を出た。

さくらかうめが熱を出して看病を頼みたい時、ママは佐々木君に電話をして家に来てもらい、子守を頼んでいる。

子供たちは交互に、しかもしょっちゅう熱を出す。

そのたびに休暇を取るため、会社から与えられる年に二十日ある有給休暇は、毎年きっちり使い切るし、その上、参観日やら懇談会やらで休んでいると二十日で足りるわけがない。

「熱が高い時やグッタリしている時期を過ぎて、まだ体調が万全でない時は佐々木君が看病する」。その暗黙のルールがなければフルタイムで働くことはとても難しい。

ママは常に『母親』と『大黒柱』という、自分にぶら下がる二つの振り子に激しくゆすぶられながら生きていた。

あいかわらずその日暮らしで、養育費も払えない佐々木君だが、『その日暮らしの男』

はこんな時とても役に立つし、「養育費代わりに子守して労働で払ってもらってる」と解釈すると、ママはとても気が楽だった。

「そうそう、困った時だけタンチョウヅルを呼び戻したらええねん。払うべきもん払われへんねんから、タンチョウヅルは身を切ってささやんに貢献したらええねん！」

千鶴子さんの言葉に、

「それって鶴の恩返しじゃないですか！　羽根ちぎって反物にしてる、みたいな。ウケるっ！」と明美ちゃんは腹を抱えて笑い、礼子さんはうんうんと頷いた。

もしもし屋の仲間たちにはすんなりと受け入れられた「鶴の恩返し作戦」だったが、ママのお母さんはハッキリと嫌悪感を示した。

「さくらちゃんに聞いたけど、あなた、別れた旦那をまだ家に引っぱり込んでるらしいね」

とわざわざ電話をかけてきて渋い声を出したのだ。

『引っぱり込んでる』

その言葉を聞いて、ママは静かに怒りが湧いて、キーンと心が冷たくなった。

「いや、どうしても休まれへん時があるから来てもらってるだけやし、別にやましい関係じゃないよ」

ママはなるべく穏やかに話そうと、丁寧に言葉を選んだ。

『やましい関係じゃない』なんて、そんな言葉があなたの口から出ること自体が恐ろしいわ。さくらちゃんとうめちゃんに悪い影響があったら嫌でしょ？　ああ、怖い」

怖いのはあんたや。ママは電話口でブルッと身震いをした。

あんなにサプリメント命だったママのお母さんは、去年サプリメント販売の仕事を廃業した。一緒にいたスーツのおじさんともどうやら別れ、ひとりになったらしい。

海外にあるサプリメントの本社が不動産投資の失敗だかなんだかで倒産したらしく、何を思ったか学童保育で指導員のアルバイトを始めたお母さんは、ママにたびたび電話をかけてくるようになった。家にも電話をかけて、さくらやうめに今の生活状況を聞きだすという行動もママにとっては謎だった。

接触を避けて、ほどよく保てていたお母さんとの距離が狂い始めて、ママは憂鬱だった。

「困った時は電話してきてよ？　あなたが頼むなら、休みの日はさくらちゃんたちの子守もできるのよ。学童保育を職場に選んだのはあなたのためなんだからね」

え、何、今の発言。まさか「学童保育で働くのはわが娘のため」という意味合いやろか。ママの頭の中で学童保育と自分がまったく繫がらない。

「私、サプリメントの仕事ばっかりで、あなたに何もしてやれなかったから、子供っていうものを一から見直そうって思って。サプリメントの会社を廃業してから生活は楽じゃないからお金は出せないけど、知識はあげられるでしょ」

ママは呆気にとられた。

すげえ、ひとりよがり！　さすが自己中女！　と感心すらした。

実際にひとりで何年も子育てをやってるから知識だって必要ないし、ママは誰かにお金を出してもらうなんて発想はまったくない。

「でも、それって、子育てをやり直そうとしてるんじゃないですか？　健気じゃないですか」

昼休み、ママの愚痴を聞いた明美ちゃんはお母さんの肩を持った。

「健気？　いや、そんなタマじゃない。ありえへんな」

ママは溜息を吐いた。

「ささやんのお母さんは、仕事を失って、きっと今、すごく退屈なんよ。だからふいに、タイムマシーンに乗りたくなったんじゃない？　過去を見つめ直そうとしちゃってるんやろな。でもそんなのただの気まぐれなんだから、そのうち気が済むよ。放っておいたらいいわ」

礼子さんが柔らかく、ママを慰めた。

「でも、ささやん、そんな暇つぶし迷惑やんな？　男でもあてがっとけばいいねん。ホストクラブにでも行かせてみたら」

千鶴子さんがこともなげに言った。

「千鶴子さん、それ、よけいややこしくなりますよ。ささやん、もっと大変な問題に巻き込まれそう」

明美ちゃんが笑うと、ママも苦笑した。

礼子さんのいうとおり確かに、あれは暇つぶしなのかもしれない。

『正しい子育て論』から一番遠い所にいたお母さんなのに、学童保育の仕事で仕入れたそれを、さも親切そうにお母さんはママに振りかざす。

「両親の仲の良さが子供の人格を作る」

「子供の虫歯の数で親の愛情が分かる」

「家族が揃《そろ》って一緒に朝食を食べると子供の情緒が安定する」

子育てに髪を振り乱しているものにとってはまったく現実味のない、手垢《てあか》の付きまくった子育て論にママは辟易《へきえき》する。

もし佐々木君が手伝ってくれなくなっても、この人に頼るくらいなら借金を増やしてでもベビーシッターを雇ったほうがまし、とママは本気で思っている。

「お先に失礼します」

いつもの時間にオフィスを出たママは、片手に携帯電話をしっかりと握っていた。エレベーターの呼び出しボタンを押して、すぐにメールを打つ。

『今、会社でました。いつものところでいい?』

到着したエレベーターに乗りこみながら送信ボタンを押した。

エレベーターが一階に着く。エレベーターを降りながら、佐々木君の携帯に電話をかける。

「うめ、どう?」

「熱も下がったし、元気にしてるよ」

電話口の佐々木君の向こう側で、うめとさくらの笑い声が聞こえる。

「あんまりはしゃいだら熱がぶり返すわ」

ふたりの笑い声につられて、ママの顔もほころんだ。

「じゃ、残業するから子供たちのことお願いね」

電話を切った瞬間の微かな罪悪感を打ち消すように、ママは駆け出した。自分のヒールの音を聞きながら、帰宅ラッシュが始まった街を器用に人の波を追い越して通り抜ける。混雑している駅を通り過ぎ、駅の北側の繁華街も通り抜け、観光地になっている異人館が点在する坂道に差しかかると、そこは閑散としている。ママは歩きながら携帯を取り出しメールを確認する。

『303にいます』

ママは速足で坂道の中腹にあるラブホテルに入った。

エレーベーターで三階に上がり、３０３号室をノックすると山根君がドアを開けてくれる。

うめが生まれるまでの五年間、庶務課で机を並べて一緒に働いていた山根君とは、この一年ほど時々ホテルで会う仲だ。付き合ってるわけでも、愛し合ってるわけでもないが、セックスはする。かと言ってセフレと呼ぶほどに肉欲に満ちた時間でもなく、まるで何かのついでのように身体を重ねている。

山根君はママより五歳年下で、ひょろっと細身で背が高く、短い黒髪、奥二重のやや腫れぼったい目、耳に補聴器をしている以外、何の変哲もないふつーの青年だ。

山根君とは、うめかさくらが熱を出した時だけ会う。

その日だけは、ママは気兼ねなく佐々木君に子守を頼めるからだ。

山根君と初めて社外で会ったその日も、熱を出したうめを佐々木君が看病してくれていた。

ママはいつものように十八時五分に会社を出て、佐々木君に電話をした。

「うめの具合はどう？」

「熱も下がったし、ぜんぜん元気。大丈夫だよ、機嫌よくテレビ見てるし」

「さくらも帰ってる？」

「うん。今宿題してるよ。ご飯、適当に食べさせて良い？」

「ほんま？　ありがとう。あ、じゃ、残業して帰るわ」

ママは咄嗟に嘘をついた。

佐々木君がいてくれる時ぐらい、コーヒーの一杯でも飲んで帰ろう。ぽっかりとできた自分ひとりの時間に胸が躍る。

駅前のドトールに入って、ごった返す店内で空席を探していると、ひとりで座っている山根君と目が合った。

ママがかるく手を挙げて挨拶すると、山根君は笑顔で自分の向かいの席を指差した。

え、一緒に座るん？　気まずいわ……と思いながらもママはコーヒーを買い、山根君の向かいに座った。

山根君とはママがもしもし屋に移動になってからは挨拶を交わす程度で、ゆっくり話したことがなかった。

ママが席に着くなり「今日はダッシュで走って帰らんでええん？」と山根君がおかしそうに言った。

「え？」

「いっつも会社出たらすごい形相で走ってるやろ。俺、たいてい定時で上がってここでお茶してから帰るから、六時過ぎに佐々木さんがドトールの前をダッシュで通過していくの見てるねん」と山根君は満面の笑みを浮かべながら言った。

「見られとったんか」とママも笑った。

「俺は定時で上がらんとあかんから気楽なもんやけどな」

山根君は自嘲気味に言った。

障害者枠で仕事をしている山根君は、備品管理や郵便物の管理や仕分けをしているのだが、午前中に各部署の備品の発注をまとめて本社にメールで伝え、その日出さないといけない郵便物を大きなバッグに入れて十五時頃に出すと仕事が終わる。

十七時の定時までは、自分の席で使用済みの会議資料を切ってメモ用紙を作ったり、一度計算が終わってる書類を『念のため』計算し直したりして時間を潰していた。

「子供さんは大きくなったろうね」

「うん。上の子が反抗期に入って来て困ってるねん」

ママは山根君に子供たちや会社のとりとめのない話をした。自分のことをきがねなく話せたのは久しぶりで、それはきっと山根君のやさしい表情と熱心な相槌のせいだった。山根君はママの顔を見てうんうんと頷いている。

ママは携帯電話を取り出して、メールの画面に『山根君、うんうん頷いてるけど、補聴器してないやん。ほとんど聞き取れてないやろ』と打ち込み、山根君に見せた。

山根君はそれを読み、「あはは、ばれてる。佐々木さんが急に熱心に話し出すから補聴器つけそびれたんや」と笑って、補聴器のない耳を指差した。

『補聴器外してたら、聞こえにくいんやろ？　大丈夫なん？』

ママはまたメールの画面に書き込みをし、山根君に渡した。

『たくさんの人に紛れて、ぼんやりコーヒーを飲むのが好きなんや。人の会話で溢《あふ》れてる空間で俺だけが静かっていうのがええねん』山根君も打ち返す。

『うん、なんか分かる気がする』

『そやろ。耳が聞こえんもんの特権や』

『確かに（笑）』

ママと山根君は、ママの携帯電話のメール画面に文字を打ち合ってはそれを覗き込み、頷き合った。ふたりの間を携帯電話が行ったり来たりしている。

『そやけど、私、ショックや』

『なにが？』

『だって、さっきめっちゃええ気分でしゃべってたのに、聞こえてなかったとはなぁ』

『すまん、すまん（笑）』

『ひとりでしゃべって、私、王様の耳はロバの耳、みたいやん』

山根君は携帯電話から目を離し、ママの顔を見て「ああ、童話やな。王様の耳がロバの耳やって知ってしまった床屋の話やろ。さすが、たとえがお母さんやな」と言って笑った。

『そう。庭に穴掘って「王様の耳はロバの耳！」っていうやつな』

『いいね、じゃ、俺は庭に掘った穴ってことね』

ママに携帯電話を渡した山根君は、いきなり胸の前でせわしなく手を動かし始めた。

手話を使って何か言っているようだったが、手話のまったくわからないママは呆気にとられてそれを眺めた。

『何って言ったの？』

『内緒。俺も、穴の中に向かって話してみた』

山根君の言葉にママはお腹を抱えて笑った。

それから、子供が熱を出すたびに山根君とママはメールで待ち合わせをして、ドトールでお茶を飲んだ。

山根君は時々ママに通じない手話で何やら話し、そしてママが溢れるように話す言葉のほとんどを、補聴器を外した山根君は聞き取ることができなかった。

ホテルに誘ったのは山根君だった。

いつものように『今日お茶しよう』とママがメールを送ると、『ゆっくり話したいからホテルに行かない？』と山根君から返信がきたのだ。ママは大きく動揺した。

は！　それって、もしや、もしや！　と心を騒がせつつ、ママは間髪を入れず『ええよ～』と軽い調子でメールを返した。

ああ、めっちゃ軽くメール返してしもたな……でも、もしかして、ほんまにゆっくり話したいだけかもしれんし、私らきっとドトールで浮いてるし……。

手話で何かを話す山根君と、ただその手話に頷いているママは、周りには奇妙に映っているかもしれないとママは納得した。

それに、別に山根君とならそうなっても危なくないだろうな、たまにはセックスしといてもいいかも……って、これって女としてどうよ、とママは自分に突っ込みを入れた。

ママは念のため、コンビニで新しいパンツを買ってトイレで穿き替え、待ち合わせ場所に指定された駅の裏側のパン屋の前に向かった。

緊張しているママとは対照的に、山根君はいつもと変わらぬ佇まいでパン屋さんのウインドウの前に立っていた。

「どこいくの?」

「ノースカフェの手前の路地を入ってすぐのとこ」

「ああ、おっけい」

ママの頭の中に、そのあたりにあるいわゆる『ラブホテル』が数軒浮かんだ。

ラブホテルに行くのなんて、たぶん二十年ぶりやな……。ママは少しうきうきしていたが、補聴器を外している山根君の横顔は、すこし沈んで見えた。

ママと山根君は、普通のホテルと見まごうほどの落ち着いた外観の「HOTELオパール」に入った。

部屋は焦茶色の壁、ベッドの隣に置かれたソファーも焦茶色でベッドにはベージュのシーツが敷いてあった。枕元のお皿の上に置かれたコンドームを除けば、ビジネスホテルと変わらない印象だった。

「なんか、せっかくラブホテルに来たのに味気ないなぁ」ママはつぶやきながらジャケットを脱いでベッドの隣のソファーに座った。山根君はスーツの上着を脱いでベッドに腰掛ける。

ふたりの間に、初めてぎこちない沈黙が降りて来た。それを破るのは私じゃない、とママは感じて山根君に視線をやった。

指揮者がタクトを振るように、山根君の手が動き始める。

ぽつりぽつりと山根君の手は言葉を形作る。

ママはソファーにふかく身体を預けて、相槌をうつ。

山根君は、それを、誰にも話せないのだ。ドトールのなかにいるかもしれない、手話を理解する赤の他人に垣間見《かいまみ》せることさえしたくないくらい。

山根君は怒っているわけでも、泣いているわけでもない。なにか、とても諦めた表情を浮かべている。

きっと理解されないという果てしない諦めと、誰かに話したいというどうしようもない衝動はママにもあり、誰とも分かち合うことができない「それ」が、ママには痛いほどわかる。

静かな部屋の中には、山根君のシャツの袖がこすれ合う衣《きぬ》ずれの音だけが聞こえる。その、ほんのいっとき、山根君はママで、ママは山根君になった。

途中でママは備え付けのポットに、ミネラルウォーターを注ぎ入れお湯を沸かし、インスタントコーヒーの粉をカップに入れてお湯を注いだ。

白いコーヒーカップに立ち上る湯気の向こうに山根君を眺めながら飲むインスタントコーヒーは、妙に懐かしい味がした。

山根君は一時間近く話しつづけた後、手をだらんと脱力させてうなだれた。

ママはまたお湯を沸かし山根君の分のインスタントコーヒーを淹れて、うなだれる山根君の前に白いコーヒーカップを置く。

山根君とママの視線がぶつかる。

少し微笑んで頷いたママを山根君が抱き寄せた。ふたりはそのままベッドに倒れ込み、ぎこちない会話のように身体を重ね合った。

山根君を残して先にホテルを出たママは、深呼吸をして夜風の匂いを堪能しながら、速足で家に帰った。急にうめとさくらにとても、とても、会いたくなった。

帰り着くと、うめとさくらは眠っていた。

「うめは『ママが帰って来るまで寝ない』って頑張ってたけど、布団に入ったら三十秒で寝た」と佐々木君が苦笑する。

「あの寝つきの良さ、あんたそっくりやろ」とママは笑いながらも、うしろめたさが胸にザワザワと湧いてきた。

玄関まで佐々木君を見送ったママは「ありがとう、ほんとうに助かったわ」と、久しぶりに優しい笑顔を向けた。

ママはパジャマに着替えるとベッドへ向かい、うめとさくらの間に入った。

口をぽかんとあけて眠るうめの寝顔を眺めたあと、思春期真っただ中のさくらの寝顔を眺める。下がり眉毛の寝顔は赤ちゃんの時のままだ。

浅瀬で泳ぎ始めたのに、いつの間にか沖に出てしまった時のようだ、とママは子供たちの成長を思う。足元にあった砂が忽然《こつぜん》と消え、深くなるほどに冷たく、つま先に危うい温度を感じながらも泳ぎ続けるしかない。夢中で泳いでいただけなのにもう、こんなに遠くに来てしまった。

「わたしの焼きたてのコッペパン」

ママはさくらの頰をなで、額に唇を寄せ髪の匂いを嗅いだ。時間が過ぎてゆくことの寂しみに胸が締め付けられる。ママはふたりの手をぎゅっと握りしめた。

こうして子供たちの寝顔を眺める時、ママはこんこんと湧き上がってくる幸福感の中にいた。今、この時間にさくらとうめと一緒に取り残されたい、と思う。この時間の中に永久にとどまりたい。

でも、現実は容赦なく時間を進めて行く。

年々困窮する生活の大変さは、愛情みたいなものといつも背中合わせにあった。

うめを生んだ時から始まった自転車操業はまだ続いている。

手取り十四万円の給料から家賃、保育料、さくらの学費の支払い、そして借金の返済をすると、手元には現金は残らない。だから毎月借金を増やして、ボーナスや定期的に支給される母子手当で一部分を返済し、また借りるを繰り返してしまう。

電気代、ガス代、水道代、電話代はすべて滞納しており、止められないようにギリギリで支払っているが、やりくりに失敗することもしばしばあった。

水道代、ガス代、電気代は支払いができず数か月滞納すると供給を止められてしまう。

水道は止まっても、玄関の外の供給口を勝手にひねれば出てくる。ガスが止まれば、その日の夕飯を簡易ガスコンロで作って、お風呂代わりに冬はタオルを濡らしてレンジで温めて蒸しタオルを作り子供たちの身体を拭いてやったり、夏には水でシャワーをしたこともある。

ただ、電気が止められた時だけは焦った。

ある時、仕事を終え、うめを迎えにゆき、クタクタで25号棟の前に辿《たど》り着き部屋を見上げると、さくらが留守番して灯りが点いているはずの窓が真っ暗だった。

「え、さくらがおらへんっ！」

ママは一瞬にして血の気が引いた。どこにいったんだろう。誰かと遊んでいるんだろうか。

ママはさくらの仲の良い友だちを思い浮かべた。かのんちゃんだか、かれんちゃんだかだったな。名字はなんだっけ？　その子の家知らんわ！

ママがパニックになりかけた時、

「ねえねー」

うめが踊り場を見上げて手を振った。

見るとさくらが五階の踊り場から手を振っているのが見えた。

「さくらおった。よかったぁ」

ママは安堵しどっと汗が噴き出した。うめと競い合って速足で階段を登る。

「どうしたん？　誘拐されたんとちゃうかと思って、ママめっちゃビビッたわ」

少し怒り気味に言葉を投げると、

「だって……電気つかへんねんもん。真っ暗やから家におられへん」

さくらが眉毛をしゅんと下げ、しょげた声を出した。

「え」

うめとさくらを踊り場で待機させて、ママはドアの中に入った。

玄関の電気のスイッチを入れる。

パチッと回線を繋ぐ空振りの音がしたが、電気は点かない。何度もパチパチとスイッチを動かしながら、そうか、電気止められたんや……と気が付いた。

ママは絶望的な気持ちになった。

灯りの点かない部屋の中は真っ暗でまったく何も見えなかった。

「ああ、さいあく、ああ」

ママは深い溜息とともに暗い玄関に崩れ落ちて頭を抱えた。

支払いの督促は来てたのに、忘れてた……。

口座の残高はたしか三百二十八円だったな。財布には三千円入ってるけどそれじゃ足りない。給料日までまだ一週間もある。またキャッシングするしかないか……。

今から駅前に戻ってコンビニでキャッシングして電気代の支払いして、電力会社に供給再開依頼の電話をして、電気が点いたらご飯作って、お風呂に入らせて……。ママは頭ではそう思いながら動けなかった。

動かねば。子供たちがドアの外で待ってる。でももう疲れた、許されるならこのまま消滅してしまいたい。

ママは数秒目を閉じていたが、

「おっしゃっ！」

と大きな声を出して立ち上がった。

新聞受けを開き、中の封筒をつかむ。『送電停止のお知らせ』と書かれた手紙と、納付書が入っている封筒だった。

ママはドアを開けると、

「ごめんよ～！　電気壊れたみたい」

と明るく言った。

「えー、どうするん。真っ暗なお家いやや」

うめは拗《す》ねた声を出したが、さくらは黙っていた。電気を止められたことを察しているようだった。

「ママさ、携帯の充電ないから駅前の公衆電話で修理してくださいって電話してくるわ。ここでふたりでおって。ぜったい動いたらあかんで」

ママはカバンから財布を取り出すと階段を駆け下りた。

「え、うめちゃんも行く！」

うめの声が頭の上から降ってくる。

「あかん、走っていくからそこにおって」

「じゃ、アイス買ってきてな～、雪見だいふく～」

「あ、私も雪見だいふく〜」

うめとさくらが無邪気に叫んだ。

ママは全速力で駅前のコンビニに走った。

ぜいぜいと肩で息をしながら周りに気を配り、コンビニのATMにクレジットカードを入れる。

キャッシングする時、銀行のキャッシュカードを入れる時にはない、うしろめたさを感じてしまう。長年カード会社に膨大な利子を払い続けているのにおかしなもんだ。

ママは雪見だいふくと一緒に電気代を支払い、電力会社に電話をしてまたダッシュで子供たちのもとへと帰った。

さくらとうめは玄関の前に座り込んでいた。

「ごめんな、すぐ電気屋さんが修理に来てくれるから、アイス食べて待っとこ」

真っ暗な家に入る。

「すごいな、真っ暗やん、こわい」

「何にも見えへん、こわいー」

さくらとうめは怖いと言いながら、どこかはしゃいだ声だ。

「玄関におって、灯り持ってくるから」

懐中電灯どこにおいたっけ……。ママは携帯電話の液晶の僅かな灯りを頼りに手探りで部屋に入った。

まったく何も見えない。こわごわと台所に入り、食器棚の引き出しを開け携帯電話をかざす。

引き出しから小さなロウソク数本とライターを取り出した。それは子供たちの誕生日ケーキについてきたロウソクの余りを溜めていたもので、こんなふうに役に立つとは思ってもみなかった。

どこに立てようか……そうだ。

ママは食卓の上の食パンを一枚、これまた手探りで袋から出して、食パンの上にロウソクを六本、ぶすりと突き立てて火を点けた。

貧乏な家の誕生日ケーキみたい……と思ってから、いや私、充分立派な貧乏だし、と思わず「へへへ」と笑ってしまった。

ロウソクの並んだ食パンを持って、玄関に子供たちを迎えに行く。

「わー、誕生日ケーキみたい！」

うめが歓声を上げた。

「暗いから気をつけてな」

火を消さないようにゆっくりと歩きながら、子供たちを誘導し食卓に座らせた。

「きれいやなぁ」

食卓の真ん中に置かれた食パンの上のロウソクの炎を眺めながら、三人で溶けかかった雪見だいふくを食べた。

「電気壊れたから、ご飯の前に雪見だいふく食べられたな。なんかほんまに誕生日みたいや」

うめはそう言って、

「ハッピバースデートーユー」

手を叩き歌い出す。

「うめ、間違えてロウソク吹き消さんといてよ」

さくらがからかう。

食パン誕生日ケーキに照らされた子供たちの顔を見ながら、ママも自然に笑顔がこぼれたが、心には小さな黒い靄《もや》が湧いて微かに動き出す。子供たちが大きくなるにつれ、学費や洋服代、食費、おこづかい……最低限に必要な資金は膨れ上がって行くのに、収入が増える見込みはない。この子たちを幸せにしてあげられるのか、ちゃんと育ててあげられるのか……いや、今そんなこと考えても仕方ない。今、この黒い靄に呑み込まれたら、そこにどっぷり浸《つ》かってしまう。

「ハッピーバースデートゥーユー」

ママはうめに負けじと明るい声で手を叩きながら歌い出した。

「ママ、めっちゃ音痴やん」

「ママ音痴〜」

　さくらとうめが手を叩いて笑った。

「わたくしは言葉もございません」

　新入社員のコバヤシはそう言ったきり、下を向いたままだった。

　新卒のコバヤシが四月に買ったばかりのスーツのボタンが取れかかっている。

　あのボタン、紺色の糸に必死でしがみついているみたいや。うめが見たら『ボタンがたすけて〜って言うてるで』とか言いそうやな……。視線を落とし、隣に座るコバヤシの腹のあたりにチラリと目をやったママは、そんなことを考えていた。

　みんなが休憩に出かけた後の昼休みのもしもし部屋はシンと静かで、ママのパソコンに現れたカンリくんが「休憩してくだされ！、休憩してくだされ！」と吹き出しを赤く点滅させながら困った顔をしている。

　並んで座るママとコバヤシの前に向かい合わせになるよう椅子を移動させて座った部長は、腕を組み苦い顔をしている。

「あのさ、責めてるわけじゃないの。でも、起こってはいけないことが起こっちゃったのは事実だから」と部長は言って、「ね？」とママの顔を見た。

「はい」ママが頷くと、コバヤシが間髪を入れずに「でも、わたくしは佐々木さんの指示どおりに電話していただけです」と上ずった声で言った。

「え」

ママは驚いて身体ごと横を向いてコバヤシを見たが、コバヤシは決してママに目を向けず、何度も自分の鼻の下をハンカチで擦った。

マジかコバヤシ！　お前、男らしくないぞっ！　ママは沸々と怒りが湧いてきたが、コバヤシの耳が真っ赤になっているのに気がついて何も言えなくなった。

コバヤシは研修生として四月から預かっている本社の新入社員だった。六月には本社に返す。

毎年本社から「研修」と称して新卒を送りつけられるが、支社には教育する人員はいない。持て余した部長は毎年、もしもし屋に新人を押し付けてくるのだ。例年は、千鶴子さんか礼子さんのベテラン組が預かるのだが、今年はママがその係を任命されてしまったのだ。

「あのさ、佐々木さん、新人にもしもし屋の体験をさせてやってほしいんだ」とコバヤシを押し付けられて、ママはここ最近ずっと、コバヤシにつきっきりだった。

「電話をかけたら、挨拶して、会社名の後に自分の名前を名乗って」

「え、わたくし、どうやって、何て名乗るんですか？」

「そりゃ、『もしもし、突然のお電話失礼いたします。わたくしOGMジャパン西日本支部のコバヤシナントカと申します』でしょ」

コバヤシはメモ帳に『もしもしとつぜんのお電話しつれいいたしますわたくしOGMジャパン西日本支部のコバヤシナントカともうします』と走り書きしたようだったが、ポケットサイズのメモ帳に溢れる速記文字ふうのそれは、コバヤシ以外にはほとんど判読はできないだろう。

「じゃ、ちょっと言ってみて」

ママが携帯電話を渡すと、コバヤシは電話を耳に当てメモを読みあげた。

「もしもし、突然のお電話失礼いたします。わたくし、OGMジャパン西日本支部のコバヤシナントカと申します」

「待って待って、コバヤシナントカ、じゃなくて、名前あるでしょ？　あなたの」

「ああ、コバヤシです」

「いや、下の名前」

「そっちはユウキです」

「じゃ、コバヤシユウキと申します、でしょ？」

コバヤシはまたメモ帳に速記文字ふうのものを書いた。

コバヤシとの毎日は、あまりにも初歩的なことから教えねばならず、その無知さにママは呆れたし、そうやって仕事を教えてあげているコバヤシの初任給が、仕事を教えている勤続十数年のママの月収よりも多いことが時々頭をよぎった。

「あのさ、新人を預かるのは、きっと佐々木さんのためになるからね。あのさ、視野を広げるのは大切なことだよ、ね?」と明美ちゃんは部長の口真似をして、「遠吠《とおぼ》え部長め!ムカつく!」と顔をしかめる。

今年度赴任して来た部長は、話の前にかならず小さな子供に語り掛けるような優しい声色で「あのさ」を付け、淡々と同じ調子で平坦に話す人だが、もしもし屋のメンバーからは「遠吠え部長」とあだ名されている。

遠吠え部長は十分おきに「わおっ、わおっ」っと、まるで獣の遠吠えのようなくしゃみをするのだ。にこやかな表情と物腰の柔らかさからは別人のようなくしゃみは、まるで暴言を吐いているような破壊力がある。

「わおっ、わおっ」

部長の席から遠吠えが聞こえるたびに、ママはびくっと反応してしまう。それはもしもし屋の他のメンバーも同じで、

「私も、びくっとするねん、あの遠吠え。それとなく、マスクをしたらいかがって言ったんだけど『マスクは息苦しいから苦手なんだ』って」と礼子さんが言うと、

「そんなん知らんがな」

　ママと明美ちゃんが同時に突っ込みをいれた。

「わかる。あの遠吠えは公害やな。私なんか遠吠えが聞こえたら次の遠吠えまでの時間を計ったりしてまうもんな。たいてい六分おきに吠えてるで、あの男。な、仕事の邪魔や」

　千鶴子さんはにやりと笑った。

「新卒の預かり、毎年けったいな奴《やつ》が来るけど、今年のコバヤシは今までで一番けったいで、ささやんめっちゃ大変そう」

　休憩室の卓袱台に片肘をついて、明美ちゃんが憮然《ぶぜん》とした顔をした。

「確かにみんなけったいやけど、うちの新卒は限られた国立大学からしか採用せんやん？　コバヤシ、ええ大学出てるし、逆にあのけったいさ、納得やん。おもろいわ」

　千鶴子さんが嬉しそうに言った。

「でもね、あいつ、初任給から私らの倍の給料もろてるんですよ！　なんか、理不尽です！」

　納得できない明美ちゃんは、びっしり塗られたマスカラで強調された目を大きく見開いて力説する。

「清濁併せ呑む」

　礼子さんが諭すように口を挟んだ。

「せいだくあわせのむ」

明美ちゃんがオウム返しした。

「せいだくあわせのむ」

ママもオウム返しする。

「良いことも、悪いことも一緒に飲み込むってこと」

礼子さんの口調はどんな時も穏やかで、優しい説得力がある。

ママは「せいだくあわせのむ」と心の中で何度も唱えた。


「じゃ、コバヤシ君、商品の説明をしてください」

ママはわざと教官らしい真面目腐った顔をした。

「あ、えーっと、待っていただけますか」

コバヤシはメモ帳を繰り始める。

ぺらぺらとめくったメモの「もしもし、メイド」と読める崩れた文字がママの目に入った。

「ねえ、その『もしもし、メイド』って走り書きはなに?」

「あ、これは、ここに来る時に教育課長から、みなさんと親密になりすぎないようにって注意されまして」

「親密」

「はい、恋愛関係などのことです」

コバヤシは正直に言った。

「へえ、初めて聞いた。それってセクハラの懸念があるからかな？」

「いや、もしもし屋はいわば会社のメイドだから、って言われました。メイドに手を付けるなんて品がないことはしてはいけないんだな、とわたくしは理解しました」

ほうほう、「もしもし屋は会社のメイド」か。酷い言われようやけど、教育課長うまいこと言うな。しかしコバヤシも当のもしもし屋にバラしちゃアカンやろ。ママは呆れるやら、感心するやらで頭がくらくらした。

「……コバヤシ君、きみさ、ほんとに、スレてないね」

「あの、それって、良いことですか？」

「うん、悪くないで、好感もてる」

え？　とコバヤシが目をまんまるくして身体を固くした。

「好感とは、わたくしに好意を持ってくださってるってことですか」

「え、ちゃうちゃう、そういう好きちゃう、人類愛、やで」

「愛は生命だ。私が理解するものすべてを、私はそれを愛するがゆえに理解する」

何事もおどおどと話すコバヤシが初めてすらすらと口にした言葉だった。

「おお、なんか、ええこと言うたん？」

「わたくしではなく、レフ・トルストイの言葉です」

「ああ、そっか、なんか聞いたことある、その人」

「一八〇〇年代に活躍したロシアの思想家です」

コバヤシはもしもし屋に来て初めて笑顔を見せた。歯が小さいせいか、笑うとにゅっと歯茎が剝《む》き出しになった。

ほんの二か月ほど前まで学生だったんだから仕方ない、相手はさくらと同じくらい世間知らずなんや、と自分に言い聞かせ、それからひと月、午前中はコバヤシの指導、午後からは集中して自分の仕事、とママは根気よくコバヤシに付き合った。

少し慣れてきたな、と思った矢先、遠吠え部長の指示で顧客リストに電話をすることになったコバヤシは、電話に出た顧客の家族に、今までの購入履歴をベラベラとしゃべってしまった。

それは、一昔前ならまったく問題にならなかったことだ。

でも、時代は変わった。

いくら同じ家に住む家族であっても、本人の許可を取らずにこちらにある情報を少しでも話すと、個人情報の漏洩《ろうえい》と騒がれる。最近の日本人は個人情報に度が過ぎるほど敏感だ、とママたちもしもし屋のメンバーは感じていた。顧客は会社を訴えるとたいそう息巻いていた。

苦情は上が片付けるとしても、個人情報の漏洩案件として始末書を書かねばならず、減俸の対象になる。問題は誰が始末書を書くか、だ。

「あのさ、コバヤシ、もう行って良いぞ」

遠吠え部長の言葉にコバヤシの身体の緊張が一気に解けて、待ってましたとばかりに席を立ち、今まででいちばん素早い動きでもしもし部屋を出て行った。きっとドアの向こうでスキップでもしてるに違いない。ママはコバヤシの子供っぽさに呆れて、馬鹿馬鹿しくなってきた。

『せきにんなすりつけたっていいじゃないか、にんげんだもの。』

ママの頭には相田《あいだ》みつを風のダイナミックにかすれた筆文字がドーンと浮かんだ。

何がトルストイじゃ、相田みつをのほうが庶民にはわかりやすく心に響くで、コバヤシっ。

昼休みのもしもし部屋は静かだった。

ママと遠吠え部長は二人きりで向かい合って座っている。

今日の午後からの電話、新しいリストがきてたな。効率良く電話してアポイント取らないとな……。

鼠色の壁にうっすらとあるセロテープの跡がママの目に入った。あそこにポスターが貼ってあったな。どんなだっけ。『全社人権啓発月間』のやつだっけ。『ピンクリボン運動に賛同します！』のやつだっけ。

「わおっ、わおっ」

遠吠え部長が後ろに顔を向けてくしゃみをした。このひと、四方八方に人がいたら、どっちに向いてくしゃみするんだろう……下？　上？

「あのさ、佐々木さん、新人に電話させるのは、まずかったね」

遠吠え部長のつぶやきに「部長のご指示ですよね」とママは部長を真《ま》っ直《す》ぐに見つめた。

「そうなんだよ、だからね、佐々木さん、あのさ、コバヤシは営業部で預かることにしたからね。安心してね」

えらくもったいつけた遠吠え部長の物言いに、ママは静かに頷いた。

「で、病院どうだった？」遠吠え部長が「新しくできたラーメン屋うまかった？」とでも尋ねるような軽いトーンでママに聞いた。話をすり替える作戦だろう。

「異常ありませんでしたよ」

「どこの病院に行ったの？　ちゃんとした所なの？」

「市民病院です。頭のＭＲＩ取りましたけど、脳には何の異常もありませんでした。たぶん疲労です。ご心配おかけしました」

「そっか……あのさ、今度ね、試しに心療内科行ってみたら、ね？」遠吠え部長の言葉にママは『きたきた』と思いながら曖昧に頷いた。

「あ、そうだ、駅前の花村《はなむら》メンタルクリニックが評判いいらしいからね、行ってみなよ、念のため、ね？」

遠吠え部長は今思い付いたかのように花村メンタルクリニックの名前を出したが、そこはママの会社御用達《ごようたし》の心療内科だった。

会社から促されて花村メンタルクリニックに通い、「うつ病」や「自律神経失調症」と診断され、傷病休暇を取らされる。そこで「少し休養しよう」とほっとしてはいけない。復帰には花村先生直筆の「完治証明書」が必要なのだ。メンタルの病気に完治したと証明するのは難しいらしく、みんな完治証明書をもらえないまま、傷病休暇の期限が切れて解雇される。

その手に嵌《は》まって辞めてゆく仲間を見送るたびに千鶴子さんは、

「もしもし屋は会社の墓場やんか？　さらに花村メンタルクリニックはもしもし屋の墓場やで。一回墓に入った人がまた墓に入るってなんやねん。私ら何回死なななあかんの」と笑っていた。

ママはこの半年ほど、時々眩暈《めまい》がするし胃が痛い。そして物覚えが悪くなった。記憶できないのは、主に人の名前や子供たちの学校の行事だったが、ママは今までと違う自分に戸惑った。

「年のせいっすかね？」

ママは千鶴子さんにこぼした。

「いや、あんた四十代前半でしょ、年のせいにするのはまだ早いわ。　あ！　もしかしてアルツハイマーかもよ？」

千鶴子さんはママに顔を近づけて、深刻な声色で言った。

「いやあ、それこそまだ早いっすよ」

「若年性アルツハイマーかもしれんやん！　最近また痩せたし、なんか変な病気かもよ？　あんたにもしものことがあったら子供らが困るんやで。検査行きよ！」

千鶴子さんは怖い顔でママを脅した。

会社の健康診断でママが何気なくそのことを産業医に話すと、会社から再検査の指示が来た。

内科、眼科、耳鼻科、婦人科、いろんな医師に掛かったが、胃痛はいつもの神経性胃炎だったし、眩暈も物忘れも特に原因になるような病気は見付からなかった。

そして、ママは先週脳のＭＲＩを撮った。

「脳の萎縮も、血管の詰まりもないし……異常ありませんね」

眼鏡が脂でベタベタに汚れている医師だった。

ママは服の袖で眼鏡を拭いてあげたい衝動に駆られるほど汚れた眼鏡をかけているこの

医師を信用して良いんだろうか、と不安になった。

「うん、うん、何度見ても綺麗な脳です。たぶん、あなたの脳は容量がいっぱいになったんじゃないかな」

ベタベタ眼鏡の医師はパソコンの中の脳の断面図をじっくり凝視している。

「あなたの忘れてる事柄が生死にかかわることや、仕事の大事な部分に関することじゃないから、ただ、今は余裕がなくてつまらん情報はインプットできませんってだけでしょうね」

「じゃ、病気じゃないんですか？」

「身体は健康ですよ。眩暈も含めて、いわゆるストレスです」

ベタベタ眼鏡の医師の言葉にママは妙に納得した。

「もし、辛いようでしたら心療内科をご紹介しますよ」とベタベタ眼鏡の医師が言う。

ママは首を横に振った。まだまだ走れる。立ち止まる訳にはいかないのだ。

遠吠え部長はこのミスを全部私の病気のせいにしたいやろな、そのために私に何か病名が付いてれば楽やろな、うつ病なんか最高やろうな。私が傷病休暇取って辞めたら気が楽なんやろうけどな。

「あのさ、今回はね、誰かが始末書出さないとダメな重要案件だからね、明日の昼一までにパパッと書いて次長に持って行ってよ。お昼休み、今から行っていいからね」

遠吠え部長はそう言って立ち上がり部屋を出て行った。バタンとドアが閉まったとたん「わおっ、わおっ」と遠吠えが聞こえた。

「あほちゃうんか、あいつら」

小声でつぶやきながらママがマウスを動かしカンリくんをクリックすると、カウントが始まる。

ママは立ちあがらずにパソコンに目を置いてカウントダウンを眺めていた。パソコン画面の中でちょんまげ頭に羽織はかま姿、片手に扇子を持ったカンリくんが「3300、3299、3298、3297……」と数字を刻みながらゆらゆらと揺れている。

なんか食べとかないとな……ママはみぞおちをさすった。

胃がどんよりと重い。疲れたと身体のあちこちが悲鳴を上げている。

と、ドアを叩く音とほぼ同時にドアが開いて現れた人影に、ぼんやりとしていたママは飛び上がるほど驚いた。

「わ、びっくりした!」

山根君だった。

「ノックしたよ」

「ノックと同時に入ってきたやん」

「俺、どうせ耳悪いから返事されても聞こえへんし」

山根君は補聴器を指差して笑った。

「聞こえへんふりして」

ママの表情が緩む。

山根君は部屋の隅に積み上げられたプリンタ用紙の包みをビリビリと乱暴に開き、プリンターに用紙を補充し始める。もしもし部屋のプリンターのカートリッジやプリンタ用紙の補充は、すべて彼の仕事だった。

ママは頬杖を突いて、山根君の仕事を眺めている。

「山根君、あいかわらず、豪快な開けかたするな。アメリカ人がクリスマスプレゼントの包装紙開ける時みたいや」

ママのつぶやきに、山根君はママの顔を見て目尻に皺を寄せてにんまりと笑った。難聴の山根君が過剰な笑顔を作って頷いた時は『聞き取れなかったけれど、キミの話は聞いてたよ』というサインだ。

ママも微笑みを返す。ママは山根君の隣に立って、

「なあ、毎日ずっと同じことしてて、なんで同じテンションでおれるん?」と聞いた。

急に何を聞くんやこいつ、といった感じで山根君は少し不思議そうな顔をして「だって仕事やん」と言った。

「でも、しんどいやろ」

「俺、仕事辞めるわけにはいかんから、なんにも考えんとこなしてる」

山根君はたびたび「仕事を辞めるわけにはいかない」と言うが、それはママも同じだ。

「おまえ、何かあったんか?」

胸の中にはいっぱい、話したいことが溢れかえっていたが、「いいや、大丈夫」とママは片手を挙げて見せた。

「おう、ちゃんとご飯食べろよ」

山根君はそう言い残すと、さっと部屋を出て行った。

ママは山根君を引き留めたい気持ちをぐっとこらえた。

たった今起こったことを山根君に話したい。

いつもみたいに、言葉をこぼすだけの、王様の耳はロバの耳ごっこじゃなく。しっかりと今の自分を抱きとめて欲しい。

言葉をこぼした土の上に咲いた花は、こぼした言葉を紡いで歌い出す。山根君とママの言葉から咲いた花はどんな歌を歌うんだろう。

ママは椅子に力なく座り、パソコンの画面の中で数字をカウントしながらひらひらと舞うカンリくんのちょんまげを目で追っていた。

ぐっと何かが込み上げてくる。

「待って、待って、私はあほか、マジになったら負けや」

ママは泣きだしそうになったのを誤魔化すかのように、そうつぶやいた。

マジになるって、何に？　山根君との意味の分からん関係に？　自分の責任じゃないのに始末書を書くことに？　清濁併せ呑んで大人になるために？

「しらん、しらん、さっ、めしやっ、めしやっ」

ママは陽気にそう言うとパンパンと大きな音で手を打ち鳴らし、もしもし部屋を出た。

第五章

# 銀河を走るモノレール

うめは道沿いに咲きみだれるツツジをちぎり、蜜を吸いながらとぼとぼとゆっくり歩いたかと思うと、また立ち止まった。ツツジの甘くみずみずしい香りがする。

前を歩いていたママが振り返り「おーい、うめ、ちゃんと歩いてー」と声をかけるが、うめはまったく自分のペースを乱さず、たくさん咲いているツツジの中から、自分好みのものをじっくりと選んでいた。

「うめ～、ママ荷物が重たくて手がちぎれそうや、早く帰ろ」

ママはお米やトイレットペーパーや食材の入ったスーパーの袋を両手いっぱいに下げていた。

うめは小学一年生、さくらは中学生になった。

時々偉い人から発せられる「景気回復してきた」という言葉とは裏腹に、年々、顧客の財布のひもは固くなり、ママの会社の業績は落ち、ママたちもしもし屋には営業にとって要《かなめ》のアポイントを取ることが過度に求められるようになってきた。

そつなくこなすベテランの千鶴子さんや礼子さんと違って、ママや明美ちゃんは、定時の十七時以降や土曜日に部長がカンリくんから抜き出したデータで電話をかけることを求められた。

「ささやんも明美ちゃんも、会社の言うこと鵜《う》呑《の》みにせんと、できませんって言うたらええねん。いくら働いても、給料変わらんで？　私らもしもし屋は残業手当がもらえんのやから」

千鶴子さんに釘を刺されながらも、ママは目の前に提示された仕事を黙々とこなしていた。

少し立ち止まると、もう走れない。走れなくなるとその瞬間に自転車操業は崩壊する。生活のため、子供たちのために走るしかない。選択肢なんてない、とママは頑なだった。

心地よい風がふく日曜日だった。

うめはピンク色の花を丁寧にちぎり、口にくわえると根元にちゅうちゅうと吸い付く。うめの顔からピンクのくちばしが生えたようだった。

さくらもこんなことやってたな、とママは微笑んだ。

「うめちゃんな、お花の蜜すうの一日三個だけって決めてるねん」

「そやな、お腹痛くなるからな」

「ちゃうで。蜂さんの分を残してあげてるねん。うめちゃんは家にご飯があるけど、蜂さんはほかに食べるもんがないやろ」

そう言って、得意げにママを見上げたうめに促されるように「それはえらい、えらい」とママは機械的に言った。

「うめちゃんが困った時な、蜂さんが『あ、あの子は蜜をくれた優しい人間だ。助けてあげよう』って助けにくるねん」

「うめ、蜂からの見返りを期待してんの?」

「うん。みかえりをきたいしてる」

「なんか、ケチ臭いなあ」

ママは声をたてて笑いながら団地に続く坂道を登る。

「海の匂いする」

うめが深呼吸した。

「不思議やな。海は山の向こうやのに」

「ママ、うめちゃんな、海で泳ぎたい」

うめが逆さまにした帽子に、地面に落ちているツツジの花を拾い集めながら言った。

「まだ海開きしてないからあかんわ」

「いつ海ひらくん?」

「たぶん、海開きは七月やから、あと一か月くらいかな」

「まだまだやん」

薄暗くなった坂道にそよ風が吹いて、潮の香りを運んでくる。ママは海に心を馳《は》せたが、冬のプールに張られた水のような淀んだ動かない水しか心に浮かばなかった。

「なあ、制服のシャツの洗い替え、もうないで」

仕事から帰り慌ただしく夕飯を作り、ママがご飯をお茶碗によそっていると、さくらが声をかけた。

「はいはい。ほら、食べて、食べて」

食卓にご飯を並べて、温めたハンバーグを皿に乗せ、プチトマトを添える。ハンバーグは温めるだけの冷凍食品だ。

なるべくバランスよく食べさせたいと思いつつ、市販の冷凍食品やレトルトカレーが登場するのは避けられない。

「靴下もないで」

さくらがせわしなく動くママの後ろに立って不機嫌な声を上げた。

ママは洗濯機の前に山積みになった洗濯物を思い浮かべ「はいはい、ご飯食べたら洗濯するわ」と、ついイラついた声を出した。

「ママ、『はい』は一回！」

うめが生意気そうに言いながら、ハンバーグを茶碗に乗せてかぶりつく。

「また、うめはえらそうに言うて。こら、小皿を使いなさい」

ママは小言を言いながらも、うめの天真爛漫《てんしんらんまん》さに救われる気持ちだ。

「さくちゃんも座って、ご飯食べてね」

ママはわざと優しいお母さん風の声を出して、さくらの席の前に茶碗を置くと、洗面所へ向かった。

洗濯機の前の籠には山盛りの洗濯物。ママは週末しか洗濯ができなくなっていた。

「カッターシャツ、たいそうふく、くつした、ぱんつ……」

明日着るものだけを洗濯機に放り込んで、洗剤を入れスイッチを押す。

食卓に戻って席につき、茶碗を持ち上げると携帯が鳴った。

「ママ、電話の音がしてるで～」

うめが耳に手を当てる仕草をした。

「ほんま？」

耳を澄ますと微かに着信メロディが聞こえる。

「あれ、携帯どうしたっけ」

「玄関に置いたカバンの中ちゃう?」

うめに言われ、ママは「そっか」と立ち上がった。

「はいはい」

玄関に置きっ放しのカバンの中で鳴っている携帯電話を取りに行き、ディスプレイに映し出された文字を見てママは大きく溜息を吐いた。

『母』

ママは携帯をカバンの中に戻して鳴りやむまで待った。

『母』の文字を見ただけで、今日の会社での疲れが一気に膨れ上がる気がする。

電話はかなり長い間鳴り続け、やっと静かになった。

ママは携帯電話をマナーモードにし、固定電話の線を抜いて席に戻る。

「電話だれ〜?」

うめが茶碗に顔を突っ込みながら聞く。

「間違い電話」ママはそう答えて「うめちゃん、ほっぺたご飯粒だらけやん」とうめの顔に手を伸ばした。

ご飯を食べ終わると、八時半を過ぎている。十時には子供たちを寝かしたいママは洗い物をしながら「はやくお風呂入って〜」と五回は言う。が、子供たちは動こうとはしない。

「チッ!」ママは舌打ちしながらどすどす歩いて居間に行く。寝転んでテレビを見ているうめとさくらに「何回も言わせんといて！　えーかげんにしーや！　お風呂！・」と叫ぶ。

さくらはママから目を逸《そ》らしてゆっくりと立ち上がり、わざとのっそりと歩いて風呂場へ向かう。

「ママ鬼がきたっ！」とうめははしゃぎながら風呂場に駆けていく。

「あんたらは、毎日毎日同じこと言わせるんやから」

ママはがちゃんがちゃんと食器の音を立てながら洗い物をした。

さくらとうめが風呂から出ると、続いてママが風呂に入る。リンスインシャンプーでわしゃわしゃと高速で髪を洗う。とにかくサッと上がって子供を寝かしつけなきゃと、何をしていても気がせいている。

風呂から上がり、着替えをしているとうめの声が聞こえて来た。

「うん。最近、ささきくんは来ないよ。うめちゃんが熱を出した時しかこないもん。うん、うん、ママ、毎日えーかげんにしーやって怒ってばっかりやで」

居間で、うめがママの携帯電話を持って誰かと話していた。

髪をタオルで拭きながらさくらがうめをチラリと見て、「おばあちゃん」と言った。

「あ、ママ来た。かわるねー」

うめが携帯電話をママに差し出すと、ママは怖い顔でうめを睨み付け、携帯電話を受け取った。

「もしもし」

「みるくのことだけど、ちかいうち、そっちに連れて行くから」

ママのお母さんは唐突に言った。

「なんでそうなるん？　断ったはずやろ？　うちには猫がいるのに、犬なんか飼えるはずないやろ？」

ママは悲鳴のような声を上げた。

サプリメントの販売を廃業して学童保育の指導員になり、時間ができたお母さんは、トイプードル風の犬のみるくを飼い始めた。

トイプードルは人気の犬種で、今すぐは手に入らないとペットショップで言われたお母さんは、どうしても今すぐ欲しいと大騒ぎして相場の倍近くの値段でみるくを買ってきたらしい。みるくはすくすく育ち、今は柴犬《しばいぬ》ほどの大きさになっている。

先月のことだ。ママのお母さんは「獣医さんから、みるくはトイプードルじゃありませんって言われたの！　騙されたわ！」と憤慨してママに電話をかけてきた。

あんなにデカいのに、そりゃ獣医じゃなくてもトイプードルじゃないって分かるわ。天然パーマの柴犬のようなみるく。

ごくたまにしか会わないママたちを見ても、ブンブン尻尾をふって喜ぶ可愛い奴だ。

「さくらちゃんとうめちゃんのために、犬を飼ってやるのが良いと思うの。犬ってね、子供の情緒の安定に役立つって、学童の先生も言ってるの。それと犬と猫って案外仲良しになるもんよ?」

凄くいい提案でしょ?　と言わんばかりのお母さんの口調にママはイラッとした。

あんたは自分の望んだ流行犬じゃないみるくを捨てたいだけでしょうが!　と思いつつ、ママは「犬の世話なんて無理や、仕事と子供らのことで手一杯やねん」と静かに言った。

とにかく穏便に話して、めんどくさい展開にしたくない。ママは冷静でいようと努めた。

「仕事、仕事ってあなたは大袈裟なのよ。子育ても仕事も、そんなのずっと昔から女性がしてきた当たり前のことよ?　それに、自分で選んで結婚して、選んで子供を産んで、選んで離婚したのよ?　仕方ないでしょ?　私だって何度もピンチはあったわよ」そこから延々と続くであろう、お母さんの武勇伝を聞くのはうんざりだった。

ママは「あ!　うめちゃんお茶こぼした!　いや、濡れてるやん!　パジャマ着替えさすから、ごめん切るわ!」と下手な芝居をして電話を切った。

なんでこんな小芝居してんの、私……。ママは溜息を吐く。

テレビから女芸人の甲高い声と、大勢の人間のワザとらしい笑い声が聞こえる。

ママはテレビのリモコンを乱暴にとり、スイッチを切った。微かな電子音とともにあざとい笑いが一瞬で消える。

「ママ、何で消すんっ!」

「やめてよっ！」

さくらとうめが大きな声を上げると、「もう寝る時間やろ！　うめ！　ママの電話に触らんといてよ！　勝手に電話に出んといて！」とママはもっと大きな声を上げた。

「ママ、なんでいきなり怒るん？」

さくらがママを睨み付ける。

「ほんまや、なんで怒ってるん？」

うめがさくらの仕草を真似て、ママを睨み付けた。

「なんでもええやんか！　ママにも都合があるねん！」

ママが怒鳴りつけると、うめが泣き出した。

ひーひーとさっきの女芸人よりも甲高い声を上げる。

「泣かんでもええやん！　うめは大袈裟やねん！」

ママが叫ぶと、

「ニャー！　ニャー！」

子供たちの足元に寄ってきた猫のダイズが激しく鳴き出して、ママはハッとして口をつぐんだ。

うめはダイズを抱き寄せて、焦茶のまだらもようの毛並みに顔をこすり付けて涙を拭いた。ダイズはされるがまま、じっとしている。

「うめ、ねえねと一緒に歯磨きしよう、おいで」

うめがダイズを解放すると、さくらは泣いているうめの手を引き、居間を出て行った。ダイズはママの足元に座り、ママをじっと見上げた。緑の可愛らしい目と視線を合わせると、ママの心に罪悪感がどっと押し寄せてきた。

「ああ、またやってもた。ダイズ、ごめんね」

ママは心がどしんと重たくなって、そのまま床に座り込んだ。ダイズがママの身体に自分の身体を擦《す》り寄せる。

泣きたいような気持ちなのに、もう長い間、涙なんて一滴も出ない。

洗面所からうめの笑い声が聞こえた。きっとさくらが何か言って、うめを笑わせてくれているのだろう。

数日前に、駅で話しかけて来たさくらの同級生の母親の顔がぼんやりと浮かんだ。

「さくらちゃん、この前も家に遊びにきてね、一緒にクッキー作ったんですよ。うちの子一人っ子でしょ？　さくらちゃんと一緒だと姉妹みたいでね。ありがたいわ。さくらちゃん良い子だから」

なんとなく見覚えのある気がするが、誰の母親か分からないその人はとても親し気な笑顔をママに向ける。

めっちゃ知り合い風やけど、あんた誰やねん！　と思いつつ、ママは「ありがとうございます、いつもお世話になりっぱなしで」と愛想笑いを浮かべた。

丁寧に塗られたネイルにピンク色のラインストーンが綺麗だった。きっとあの母親は手作りおやつを作って、学校から帰ってきた子供に「おかえり」と言えるような母親なんだろうな。気楽やろうな、しっかりした夫のいる母親は。さくらたちはあの母親に育てられたら幸せだろうか。私だって、そんな母親に育てられたかったもんな……。

そう思ったとたん、お母さんへの憤りが胸にふつふつと湧き上がってきた。

うめとさくらが寝た後、ママは豆電球の薄明かりの中で、眠れずに天井を見ていた。

お母さんはまた電話をかけてくるだろう。

そう思うだけで憂鬱になる。

この人と戦っても、何の意味もない。着地点はどこにも見つからない。縁を切ったら死んだお父さんは悲しむだろうか。お母さんとの付き合いの中で、何度も何度も思ったことが次々に胸に去来した。

お母さんのことを考え始めると、ママは虚無感でいっぱいになる。


「なんで、あの人は私の母親なのに、こんなにも話が通じないんですかねぇ……」

昼休み、ママはカップラーメンをすすりながら千鶴子さんにお母さんのことをこぼした。

「あらあ？　ささやんはいつまでそんな子供みたいなことを言い続けるつもりなん」

千鶴子さんは大袈裟にあんぐりと口を開けて見せた。

「たしかに、子供の頃からずっと同じこと考えてるけど……あー、たしかにエンドレスっす」

「ささやん、それはね、相手が熊だからですよ」

千鶴子さんが気取った口調で言った。

「熊？」

「あんたは、森で熊にあったらどないしますか？」

箸でつまんだ卵焼きをママの目の前にかざして、千鶴子さんは真剣な声で言った。

「出たっ！　動物シリーズ！」

明美ちゃんが千鶴子さんをからかう。

「死んだふり、かな」

ママが答えると、

「甘いっ！　熊はな、死んだふりしてるあんたを、こうやって、こうやって、爪でいたぶるに決まってるねん」

千鶴子さんは、さっきの卵焼きを弁当箱の蓋に乗せ、箸で突っついて見せた。

「で、あんたは死んだふりしつつ、いつのまにかほんまに死んでる、と」

「え、殺されちゃうんっすか？」

ママが低い声で突っ込むと、

「それは卵焼きが可哀想ですよ」

明美ちゃんが妙な突っ込みをいれた。

「相手も、自分と同じくらい、いろんなことをおもんぱかれると、勝手に想像するのが間違いっ。熊に『あのー、死んだふりしてるんで、見逃してください』って言うたって通じへんやろ？　当然やん、熊やもん。熊は生まれながらに熊であって、何があっても他の動物に変化したりせんやん。でも、それは熊のせいでも、ましてささやんのせいでもないやろ？　だれも悪くない」

千鶴子さんは突っつきまわした卵焼きを口に入れて、

「だから、熊に会ったらとにかく逃げるべしっ」と言ってから「あんたも食べっ」と弁当箱の卵焼きを箸でつまみ、ママの手に乗せた。

「熊、か。うーん、腑に落ちたような、落ちないような……」

ママがつぶやくと、

「『親』できません、辞めさせて頂きます、って制度があればいいのかもね。誰にも責められず親という役割を退職するの」

礼子さんの言葉に、ママはきょとんとした。

「親が親辞めちゃったら、子供は路頭に迷うじゃないですか」

明美ちゃんが『あたりまえでしょ』という口調で即答する。

礼子さんは「とりあえず『子供をどうするか』は置いといてさ、」と前置きして、

「私、子供の頃から美容師になりたくて、その夢を叶えて美容師になったのに、すぐ辞めたのよ。髪の毛が苦手だって気が付いたの」

「髪の毛が苦手って、美容師にとって致命的っすね」

「でしょ？　それがさ、頭に生えてる髪の毛は平気なのに、切られて床に落ちてる髪の塊がどうしても嫌なのよ。美容専門学校に通って、国家資格とって、夢いっぱいだったし、人の髪をいじるのは大好きなのに、髪の塊をほうきで掃くのが辛くて辛くて。仕事なんだ、頑張るしかないんだって震えながら髪の毛掃いてたけど、一年続かなかった。そんなふうに、親になる覚悟で生んでみたものの、実際親になって『あ、むいてない』って思ってる人だっているかもしれないでしょ？　私は子供を愛しく思えたし、子供が傍にいるだけで無条件に幸福だったけど、そうじゃなければきっと、大量の髪の毛を掃きながら震えてた時みたいに、子育てが辛くて仕方なかっただろうなって、ささやんのお母さんの話を聞くたびに考えてるのよ、私」

礼子さんがママの顔を覗き込んだ。

「え、なんか、真剣に考えてもらっちゃってすみません」

ママが苦笑する。

「ささやんは自分はひとりぼっちだって思い込んじゃう人じゃない？　でも、あなたはひとりぼっちじゃないよ」

礼子さんがまっすぐに気にかけてくれていることに、ママはどぎまぎして、とてもありがたいのに、とても居心地が悪かった。

「でも、礼子さん、髪の毛の塊と子育てを一緒にしちゃだめですよ、なんかもっといい例えないですかね」

明美ちゃんが千鶴子さんを見た。

「なによ」

千鶴子さんが食後のおやつの海苔《のり》せんべいをバリバリとかじりながら怪訝《けげん》な顔をした。

「千鶴子さん、今の礼子さんの話、なんか、動物で例えてくださいよ」

明美ちゃんが千鶴子さんをつつく。

「残念。あれは天から降りてくる言葉やから、急に言われても無理やわ」

千鶴子さんがにやりと笑った。

「そんなありがたいもんじゃないでしょ」

礼子さんは千鶴子さんの海苔せんべいを一枚とり、ぱりんと半分に割って、

「せめてもの慰めに、ささやんに大きい方をあげる」

ママに大きい方を差し出した。

「ちょっと！　私の海苔せんべいでええかっこうせんといてっ」

千鶴子さんが海苔せんべいの袋をギュッと閉めた。


日に日に、ママの眠りは浅くなった。うとうとすると黒い靄に身体を締め付けられるような夢や、「わおっ、わおっ」と遠吠えのようなくしゃみの間隔を計測させられるという馬鹿げた夢を見て、夜中に何度も目が覚める。

朝、目が覚めると頭がぼんやりとして、いつもの眩暈がした。

「よっしゃ！」

気合を入れて布団から起き上がると、「さくちゃん、うめ、おきてー、ちこくするぞー」とママは陽気に声をかけた。

ママが食卓でシリアルをボウルに入れようとしていると、「ちょっと、体操服、生乾きやん！　昨日、体育あるって言うたやん」

さくらが体操服をママの前に投げ出した。

「え、ごめん、夜、寝る前ちゃんと干してんけど……ドライヤーで乾かすわ」

ママは洗面所にドライヤーを取りに走り、居間で体操服に温風を送り始める。

「さくら、シリアル出してあるから、ボウルに入れて牛乳かけて。うめにも作ってやって」ママの声にさくらは黙って冷蔵庫から牛乳を出し、ドライヤーの音に負けないくらいの音でバタンと冷蔵庫のドアを閉めた。

体操服、もう一着要るな。シリアルをかき込むさくらとうめを見ながら、今まで何度もそう思ったのに何で私は体操服を買わなかったんやろ、とママは落ち込んだ。

「もういい。体育休むから」さくらがカバンを肩にしょい玄関に向かう。

「待ちなさい！　もうすぐ乾くから、まだ時間あるやん」

ママが慌ててさくらに声をかける。

「今日委員会やから早く出るって言うたやん！」

さくらは振り向かずに言うと、バタンとドアを閉め行ってしまった。

ママは溜息を吐くとパジャマを脱いで着替えを始める。

「ママ！　ママきて！」

玄関でさくらの声がして、ママは慌てて居間を飛び出した。

久しぶりにさくらから「ママ」と呼ばれて心が躍った。

玄関に立っているさくらの手には青いリードが握られており、そのリードの先には天然パーマの柴犬のみるくがちょこんとお行儀よく座っていた。

「え、え、え、」

予想だにしていなかった姿を見て、思わずママは後退《あとずさ》りした。

「私が下におりたらおばあちゃんがおってな、みるくを私に渡してさっさと帰って行った。

今から旅行に行くねんて」

さくらが言い終わらないうちに、ママは裸足のまんま玄関を飛び出して、団地の階段を駆け下りた。

通学途中の子供たちが血相を変えて出てきたママに驚いて、オオクワガタでも見つけたみたいに好奇心たっぷりの目で見ている。

ママは黒いスカートにブラウスだったが、ブラウスのボタンはまだ留めていなかったし、起きっぱなしの髪はボサボサで、おまけに靴を履いていなかった。しかも「あの女っ！」と口の中で小さく叫びながら威嚇するように辺りを見渡している。

みるくを置き去りにしたママのお母さんはもうどこにも居なかったが、階段の下に無造作に置かれたサプリメント会社のロゴが入った黄色い大きなトートバッグからは、ドッグフードの箱がのぞいていた。

ママは黄色いトートバッグを肩から下げると、階段を登る。

どうして、ずっと私は動かないコンクリートの壁を押し続けてきたんだろう。押さなくても、その壁を越える方法はあったかもしれないのに。

ヒンヤリした階段を一段ずつ踏みしめるたびに、ママの心から怒りが消えて行った。

「ママ、ワンちゃん飼うん？　めっちゃ可愛いなぁ。あ、名前つけようよ〜」

うめはみるくの傍らに座り込み、満面の笑みを浮かべている。

「その子はみるくちゃん、前におばあちゃんの車に乗ってるの見たことあるやろ?」

はしゃぐうめとは対照的に、さくらは眉間に皺を寄せて立っていた。

もうとっくに家を出ねばならない時間を過ぎていた。ママもさくらもうめも、遅刻が確定だった。

何度電話しても、ママのお母さんの携帯は繋がらなかった。不思議とママはお母さんに対して、いつものような怒りもやるせなさも、何の感情も湧いてこなかった。

みるくは相変わらず大人しく玄関先に座り、天然パーマの薄茶色のクリクリの毛の中から黒い小さな目でじっとママたちを見ていた。

「ママが何とかするから、さくちゃんもうめも学校行って」

さくらが首を横にふる。

「ママ、パパに電話して。あいつ、どうせひまやし、犬好きやから飛んでくるで」

さくらの言葉にママは頷いて、佐々木君に電話をかけた。

一時間ほどで、佐々木君が家に来た。

「あ、マジでほんものの犬じゃん! かわいいなあ」

佐々木君は嬉しそうにみるくの身体をわしわしと撫でた。みるくは尻尾をブンブン振って佐々木君に飛び掛かりじゃれている。

その様子に、さくらもうめも一緒になって笑い、久しぶりにほっとした空気が流れた。

「みるくは俺が連れて帰る」

佐々木君の言葉に「あかん！　イノシシに食べられる！」とうめが食いついた。

「ダイズは？　いきなり犬が来て怖がってない？」

「あ、ほんまや」

佐々木君の言葉に、ママはダイズを探した。

ダイズは寝室の押し入れで丸くなって目を閉じていた。

「ダイズ、ほったらかしにしてごめんよ」

ママがダイズの耳の後ろを撫でると、ダイズはごろごろと喉を鳴らした。

玄関で、父子は柴犬大のトイプードルを囲んで、お互いくすぐり合ってでもいるかのように身体中で笑っている。

居間の入り口から、瞬きもわすれ眺めているママに佐々木君が気が付いた。

「俺がこいつら面倒見ておくから、きみは仕事にいってきたら」

ああ、仕事。

ママは水の中を歩くように、重苦しい足取りで洗面所にいき、軽く化粧をして玄関で靴を履く。

とにかく仕事、仕事や。仕事に行かなあかん。

玄関を出ると閉まりかけたドアから、うめとさくらの晴れやかな笑い声が聞こえた。

駅に向かう途中、潮の匂いがして、ママは泣きそうになった。姿は見えないのに、いつも海の気配がする。こんなに海を懐かしみ、海が見たいと思いながら、見られないのは何かの罰のように思える。

携帯電話が鳴った。お母さんからだ。

ママは携帯の着信画面の『母』という文字を挑むように眺め、電話に出た。

「どう、みるくは。子供たち喜んだでしょ。今から友だちと温泉だからちょうど良いわ、と思って」

お母さんの拍子抜けするほど悪びれていない物言いに、ママは脱力した。ほんとに、さすが自分勝手！

「ほんと、さすがですね」

ちょっと嫌みを言ってみる。

「そう！　犬ってかすがいになるのよ。感謝してちょうだい」

お母さんの、すさまじくポジティブな聞き間違いに、ママは黙り込んだ。

「ちょっと、聞こえてるの？」

お母さんが怪訝な声をあげる。

「お母さんはさ、生まれ変わったら何になりたい？」

いつか池ちゃんがママにしたのと同じ質問だった。

「なんなの？　何、あなた宗教かなんかにかぶれたの？」

お母さんは茶化すように答えた。

「私はね、また、さくらとうめの母親になりたいねん。何回生まれ変わっても、私はあの夏の佐々木君のテントに潜り込むつもり」

お母さんは何も答えなかった。

「お母さん、知ってる？　私、小さい時、海が怖くてしかたなくて。お父さんに騙されてて海の中に動物のお化けがいると思っててん。なるべく海に目を向けんようにして暮らしててんで。それが嘘やって分かったのは小学校四年生の時。あの時見た海、ほんまに綺麗やった。初めてひとりで寝たのは五年生の時。お母さんはあのオシャレなマンションから帰って来なくなって、お父さんは泊まり勤務で、私、家中の電気点けて、テレビは点けっぱなしで、目が勝手に閉じるまでサザエさんの漫画読んでた。サザエさんの漫画、お父さんの部屋に一巻から六十八巻まで全巻ずらっと並べられてて、字が読めない頃からずっと読んでてん。あの家族、いっつも小さいことに喜んだりくよくよしたりするけど平和で、怖いことや悲しいことは何にも起こらんやろ。安心して読めるねん。私が初めて作った料理はかにかまサラダ。六年生の時やわ。お父さんがお金置いて行ってくれてて弁当買って食べてたけど飽きてな。自分で作ろうって思てん。危なっかしく包丁持ってキュウリ切ってかにかまぼこと一緒にマヨネーズで和《あ》えただけやったけど、びっくりするくらい美味しかったわ。それから自分で料理するようになってん。初めて男の子と出かけたのは中学二年生の時。一個上の先輩とモスバーガー行ってん。けっこうイケメンでモテる人やってんで。大食いやと思われたくないから、ストロベリーシェイクだけ頼んでチビチビ飲んでな。そしたら先輩が『トイレ行くわ』って席立ってん。なかなか戻ってこなくて、お腹でも壊したんかなって心配してな。やっと戻ってきたと思ったら、手にビニール袋持ってて、中からびちゃびちゃに濡れた海水パンツ出して私に見せてん。『受験生やからおかんがうるさくて、スイミングスクールの時以外は外出できへんねん。今日もスイミング行ってることになってるから海パン濡らして来てん』ってにっこり笑う顔見て、私、先輩のこと一瞬で嫌いになってん。次の日から、学校で会っても先輩のこと無視したわ。今思ったらそんなくらいで嫌いにならんでもええやん、って思うけど」

「いったい何が言いたいの？」

お母さんがいぶかし気に言ったがママは構わずに続けた。

「看護師になりたいって思ったのは中学三年の時。アイドルの看護師ドラマ見て、ハンサムな優しいお医者さんと恋に落ちるやつで、ええなーって憧れてん。お父さんに言うたら『ええやないか、手に職付けてくれたらお父さんも安心や』って。でも、お父さん死んで、お母さんにお金出して貰って、お母さんのマンションから専門学校に行くのがどうしても嫌やってん。早く自立したい一心やったわ。私、寝てる時絶対口開いてるんやって。佐々木君に言われた。ぽかーんって開いてる口、ブラックホールみたいやって。それが、さくらもうめも口ぽかーんと開けて寝てるねん。家にブラックホールが三つもあるねんで、おもしろいな、遺伝かな」

「いい加減にしてよ、さっきから何の話なの？」

お母さんが強い口調でママの言葉を遮った。

ママはほんの数秒口をつぐんでから、

「あなたの娘の話、やで」

とぽつりと言った。

「全部あなたが生んだ娘の話。もっと続くで、この話。しょーもないやろ。でもこんなしょーもない出来事のひとつひとつが積み重なって、組み合わさって、あなたの娘は出来てるねん。私、今、お母さんが電話の向こう側でどんな顔してるか、手に取るように見えるわ。でも、お母さん、私が今どんな顔して携帯電話耳にあててるか、分からへんやろ？知らんもんな、私のこと。でも、私にも分からへんことがあるねん。あなたがどうして私の話をちゃんと聞いてくれないのか。どうして私を抱きしめてくれなかったのか。どうして私を置き去りにして、あのマンションでスーツのおじさんと暮らしてたのか。どうしてあんな小さな子が夜ひとりぼっちでサザエさん読んでたのか。とにかく、どうして、愛されなかったのか」

お母さんは何も答えなかった。

「それでも、赤ちゃんの頃はオムツ替えてくれたやろし、風呂にも入れてくれたんやろし、それって愛されたってことやって解釈できなくもないで？　でもさ、そんな、からっぽになった歯磨き粉を最後まで使おうって頑張ってるんとちゃうねんから、必死で絞って絞ってひねり出さんと見えてこない愛をさ、『あった、あった、私愛されてた』ってありがたがっても仕方ないねん。お母さんはあのスーツのおじさんと別れてさ、サプリメントの会社潰れてさ、なんか手持ち無沙汰なだけやん。手持ち無沙汰やからって、私がどんな人間なのか興味もないのに娘を気に掛けてる振りしてるだけで、そんなんただの遊びやん。でもさ、そんな遊びせんでもあなたは図太くひとりで生きていける人やで。またサプリメント売ったり、なんか自分のしたいこと見付けたらええやん。そろそろちゃんと自分自身に戻ってよ。お願いやからもう私のことはそっとしておいて」

そこまで言うと、言葉がすべて尽きてしまったかのようにママは口をつぐんだ。

言いたいことはすべて言ったが、電話の向こうで聞いているはずのお母さんの静けさに、息苦しさが襲ってきた。

しばらくの沈黙のあと、

「ようするに犬を迎えにいけばいいのね」

お母さんが静かに答えた。

「え、いや、それ不正解。それ、まったく違う」

ママはお母さんのとんちんかんな回答に笑いを含んだ声で言った。

「じゃあ、いったい何が言いたいの？」

お母さんは溜息を吐いた。

「ほんとうに、いつも、私の人生を混乱させるのよ、あなたは。あなたがお腹にできたから会社を辞めさせられて、自営業をはじめたのよ。お父さんはいつも何をしてても私に無関心で、捉えどころがなくて、だけどあなたが可哀想だと思って離婚できなかったし、そんなことしてたからタイミングを逃して再婚できなかったし、今だって離婚したあなたがきっと辛いだろうって思ってサポートしようとしてるのに私を邪険にして。いつもあなたは遠い国の人みたいに何を考えているのか、何を言ってるのか、どうしてそんなに恩知らずなのか、私の方こそまったく分からないわ。今だって一緒に温泉に行く友だちをわざわざ待たせてあなたに電話をかけたのよ？　本当に、うんざりするわ」

お母さんはとても悲しそうな声で言って、いつものように唐突に電話を切った。

ママはしばらくの間、去ってゆく誰かの背中を見送る時のように一点を見つめ、携帯電話を耳にあてたまま駅前の歩道に立っていた。

心がしんと静まり返る。

ママを追い越す誰かのカバンがママのカバンにこつりと当たったのを合図に、はっとしてママは足を一歩前へ動かした。もう一歩、そしてまた一歩。改札へと歩きながら、ママは大きく深呼吸をした。

とことん、あの人はあの人や。べっちょない。つける薬がないだけのことや。

通勤ラッシュを過ぎた電車内の座席は、ちらほらと空いていた。

ママは座席に座ると、携帯電話の電話帳を開きしばらく『母』という字を眺めていたが、『母』を『熊』に変更してみた。

うん。あの人は確かに熊や。

「熊にあったら逃げるべし」

ママは小さくつぶやいて『熊』を着信拒否設定した。


会社に着いた頃には、十一時を少し過ぎていた。

パソコンを立ち上げ、パスワードを入力すると「社員番号ＡＺ８６５００７さん、お主を遅刻登録しましたなり！」

カンリくんは悲しそうな顔をした。

ママがもしもし部屋に移動しようとパソコンを抱えると「あのさ、佐々木さん、ちょっと」と遠吠え部長から声がかかった。

「遅刻してすみませんでした」

ママは遠吠え部長の席の前で頭を下げた。

「あのさ、佐々木さん、体調は大丈夫なの？」

「はい」

そうか、と遠吠え部長は頷いて、ママにA4サイズの茶封筒を渡した。

「あのさ、これね、うちの提携してる病院が書いてあるから、行っておいで、ね？」

気を使ってます、という説明のような、早口で小さな声だった。

席に戻って、封筒の中を見ると『心療内科一覧』と書かれた紙に、心療内科の病院名と電話番号がずらっと並んでおり、医師が記入するための診断書と傷病休暇届が入っていた。

「え」小さくつぶやいて思わず遠吠え部長を見ると、目が合った。遠吠え部長は分かってるから、とでも言うように小さく頷いて見せた。

ママがカバンに封筒を仕舞い、もしもし部屋に行く準備を始めると、

「わおっ、わおっ」遠吠えが事務所に響きわたった。

ママは休憩室に走り、押し入れの中の非常袋に入っているマスクを箱ごとつかんで、また事務所に走りまっすぐ遠吠え部長の席までいくと、遠吠え部長の机の上にマスクを箱ごと叩きつけた。部長がきょとんとした顔でママを見あげた。

「これ、さしあげます」

きっぱりと言って自席に戻り、パソコンとファイルを抱えてもしもし部屋に向かった。

もしもし部屋に入ると、みんなが集中して電話をかけている。

ママがそっと席について、ノートパソコンを開くと、電話を切った千鶴子さんが「ささやん、大丈夫?」と声をかけた。

今朝からの顚末《てんまつ》を話そうか。

朝から柴犬サイズのトイプードルが来て、それでタンチョウヅルに来てもらって、母親に言いたいことを言って、部長には心療内科に行くように勧められちゃって。

でもママは「だいじょうぶっす、ちょっと風邪気味で」とだけ答えた。

大丈夫じゃないけど、大丈夫なのだ。こんなの誰とも分かち合えない。きっとこれが清濁併せ呑むってやつか?

「本日の顧客」にマウスポインターを合わせてクリックした。

ママが電話をかけはじめると、ママのマウスの横に飴玉が置かれた。目を上げると千鶴子さんがうんうんと頷き自席に戻る。

しばらくすると、今度は礼子さんがチョコレートを置いて去って行き、続いて明美ちゃんがガムを一粒そっと置き、もしもし屋メンバーそれぞれがお供え物でもするようにお菓子を置いて行く。

「私は仏壇かっ」

　ママが囁き声で突っ込んでもしもし部屋を見渡すと、電話を耳に当てたまま、もしもし部屋のみんながにやっと笑った。


　仕事を終えたママは、残業もそこそこにオフィスを出た。

　地下鉄の駅へ向かう足取りが重い。

　いつものように人々でごった返した駅前。行き交うたくさんの人たちの間を、何度も誰かにぶつかりそうになりながら歩を進める。なんだか、今日はうまく歩けない……。

　改札で定期を出して、ママは立ち止まった。身体が動かない。とたんに障害物になったママを次々によけて改札に飲み込まれる人たち。みんなに続かなきゃ、と思いながらどうしても改札をぬけることが出来なかった。

　私、帰りたくないんや。

　散らかった部屋。たまった洗濯物。汚れた食器が積まれたシンク。月末の支払い。大人になってゆく子供たち。努力なんて実らないと毎日ご丁寧に教えてくれる仕事。また明日も繰り返されるすべてのこと。

　頭の中でいろんなものが、愛しいものも、煩わしいことも、すべて一緒くたになって、宝石箱の中で何本ものネックレスが絡まった時のように、ほどける気がしなかった。

ママは地下鉄の改札から離れ地上へ出ると、人工島へ向かうモノレールの駅に吸い寄せられるように歩いた。

モノレールに乗り込み、二人掛けの椅子に座ったとたん、力が抜けた。腰のあたりからじんわりと疲れが全身に広がってゆく。

ごった返す地下鉄と違い、車内は相変わらずひとがまばらで、今のママにはありがたかった。

モノレールは始発であり終着であるこの駅から人工島へ向かう環状線だ。港を経由して人工島をめぐり、またこの駅に帰って来る。

私、これに乗ってどこに行くつもりなんや……。もうお父さんと暮らした部屋はとっくにないのに。

溜息を吐き目を閉じると、瞼《まぶた》の裏に人工島のベランダからお父さんと一緒に眺めた海が見えた。お父さんが気持ちよさそうに吐き出す煙草の煙がゆらゆらと揺れて、どこからともなく現れた、でもずっとそこにあった暗闇に溶けてゆく。それは海の底かもしれない。ひんやりとした暗闇。そこに飲み込まれる自分を想像すると、不思議と心地よかった。

「どこいくん」

ハッとして目を開けると、隣に山根君が座っていた。

「おおっ」

ママはあまりにも驚いて太い声を上げた。

「俺が出てくるたびにびっくりすんな」

山根君が苦笑した。

「どうしたん？」

「それは、こっちの台詞や。ドトールにおったらぼんやり通り過ぎる姿が見えて、ちょっとしたら、またぼんやり歩きながら戻って来て通り過ぎていくんやもん。心配になって追いかけて来た」

山根君はモノレールの切符をママの目の前でひらひらと揺らした。

「こんな時間からどこいくんや？」

「どこって……遠足」

「なんじゃそれ」

モノレールが静かに動き出す。

日が落ちて、海は黒い水にしか見えない。

「あーあ、青い海が見たかったな」

ママは心底がっかりした。

ママはぽつりぽつりと、今朝あったことを話し始める。いつものように、とりとめなく、穴の中に静かに吐き出すように。

「どこにも出口がない」

ママはいつにもまして、重たい口調だった。今日はいくら話しても気が晴れる気がしない。

「出口か。そんなもん、誰の前にもない気がするで」

山根君の言葉にママは「え」と山根君を見た。補聴器が耳についていた。

「あ、聞こえてたん」

「そや全部、注意深く、残さず聞いてあげたよ」

山根君は自慢げに言った。

「えらそうに」

ママが鼻で笑う。

「でも、その犬、どうするんや？」

「ん？　みるく？　大丈夫。別れた旦那が連れて帰るって」

「そうか……」

そう言ったきり、山根君は黙って窓の外に目をやったが、しばらくしてぽつりぽつりと話し始めた。

「……俺の父親もよう犬連れて帰ってきてた。だから、子供の頃、家には常に犬がおったわ。俺が十歳の時、父親が借金残して蒸発してな。俺も犬も父親に置いてけぼりにされた」

　はじめて聞いた、山根君の曇った声色だった。

　山根君が聞かせるためにした自分の話をしたことに、ママは少し緊張した。ママは窓ガラスに映る山根君の横顔を見ていた。

「母親は必死で働いて、父親の借金返しながら、俺を育ててくれたんや。不安やったと思うわ、難聴の息子の行く末と、借金の返済、たったひとりで背負ってたんやから。俺が就職したとたん、母親が糸が切れたみたいに動けんようになってな。うつ病やねん。俺の帰りが遅くなった時に限って『この世界から消えてしまいたい』やら『死んでしまいたい』やら言い出すねん。その度に、やきもきさせられてな。あのおばはん、世界一のかまってちゃんや」

『俺、仕事辞めるわけにはいかんから』と言った山根君の言葉と、山根君がコツコツとメモ用紙を作っている姿を思い浮かべた。インターネットで注文すると届く大き目の付箋のメモ帳をみんなが使っても、山根君は誰が使うでもないそれをずっと作り続けている。

　窓ガラスの上で、ママと山根君の視線が合う。

「一昨年な、区役所から『お父さんが生活保護の申請をしてますが援助は出来ませんか』って通知が来たんや。そこに書いてあった親父《おやじ》の住所見たら、俺の家の目と鼻の先でな。図々《ずうずう》しく街に帰ってきたんかって腹が立ってな。でもそれ以上に俺たちが近くに居ること知ってるのに知らん顔して暮らしてることが許せなくなってな。なんか、親父にまた捨てられた気がしたんや。一回腹立ったら、世の中のすべてに腹が立ってな。おかんも仕事も全部捨てて消えてなくなりたいって思ったんや。でも、そんな無責任なことできへん人間やっていうのも、自分で分かってるし……しんどかったわ」

ママは、最初にホテルに行った時の山根君を思い出した。何か言葉をかけたかったが「そんなことない」も「わかる」もどれも違う気がして、あの日と同じようにただ頷いた。

「不思議なもんでな、日にちがたって、腹立ちが収まってくると、今度は父親の住所知ってるのに会いに行かへんことに罪悪感が湧いてな。こっちは捨てられたほうやのにな。もしかしたら父親はひとり、孤独に死にかけてるかも……って。で、区役所の親父の担当の人に話聞きに行ったら、親父、六畳一間の市営住宅でゴールデンレトリバー飼ってるねんて。『狭い部屋にゴールデンレトリバーと並んで座ってテレビ見てる姿、なんかお互いが幸せそうなんですよねぇ、でもペット禁止なんで困ってて』って担当の人が言うねん。ペット禁止です、ってまわりが注意しても『あほか、これはアイボじゃっ』って言い張って相手にせえへんらしい。それ聞いて、なんか急にすべてがアホらしくなって、どうでも良くなったわ。今じゃ、ゴールデンレトリバーつれて散歩してる爺《じい》さん見たら『親父ちゃうか』って逃げることにしてる」

ママが思わず吹き出すと、山根君も一緒になって笑った。

「アイボって」

「そう。アイボっ」

いったん笑い出すとソーダを注いだ時の泡みたいに、小さく次々に笑いが起きて、山根君とママは子供同士のように時々目を合わせ、顔を真っ赤にして笑い転げた。

「あー、しょーもな」

「うん。しょーもない」

「あほみたいやな」

「うん。あほみたい」

笑いが収まると、ふたりはふーっと大きく息を吐いて、今度は白けた声で「あほみたいや」と言い合った。

「ああ、おまえのせいでしゃべりすぎて、おまけに笑いすぎたわ。疲れたぁ」

「勝手にしゃべったんやろ」

ママはわざと不機嫌な声を出した。

「それで、おまえ、家出でもするんか」

「あほか。これに乗っててても人工島と終着駅をぐるぐる循環《じゅんかん》するだけや、どこにも行けんやろ」

「でも、さっきは死出の旅路に向かいます、みたいな顔しとったで」

山根君は窓に映るママの顔をじっと見つめた。

「それって、どんな顔よ」

ママは笑ったが、

「大丈夫か？」

山根君は真面目くさった調子で言った。

「大丈夫にきまってるやん」

ママがきっぱりと即答する。

モノレールは一周回って終着駅に到着した。

乗客が降りて、また新しい乗客が乗り込んで来ても、ママと山根君はじっと動かない。

ゆっくりと、またモノレールが発車する。自動運転のモノレールは滑るようにビルの谷間をくぐり抜け、あっという間に街が遠ざかり、港の向こうには暗い海が広がる。

「あーあ、切符代損した」

「ケチ臭いなぁ」

「まあ、ええか。遠足、久しぶりやし」

山根君が言う。

「私も、遠足久しぶりや」

ママが答えてふたりは頷き合った。

それっきりふたりは黙って窓の外に現れる、港やら海やらビルやらを眺めていた。

モノレールはまた最初の駅に到着し、乗客が入れ替わったがママも山根君も降りようとしない。

またモノレールは滑らかに発車する。ふたりは黙ったまんま人工島を何周もした。

空には欠けた黄色い月が出て、暗い海に月の光が輝いている。水面で揺れる月を眺めながら、ママはうつらうつらと眠りにおちた。

深い眠りの底から浮かび上がるように目が覚めた時、ママは自分がどこにいるのかと、一瞬戸惑った。暗い窓に映るスーツ姿の自分を見て、そうか、会社帰り山根君とモノレールに乗ってた、と思い出す。

いつの間に降りたのだろう、隣にいたはずの山根君は消えていた。

山根君が座っていたからし色のシートが不在をアピールしているかのように目に焼き付いたが、ママは窓の外に目をやり、さっきと変わらず水面に揺れている月に心を寄せた。

見渡せばモノレールの中には一人きりで、ママは妙にほっとした。

モノレールは走った。ママはたったひとりの、どこにも向かわない時間の中にゆるやかに漂っているようだった。

遠く向こう岸の工場の煙突の小さな赤い灯や、知らない誰かが暮らす部屋の白や黄色の灯りが目に映る。

人工島の夜景も捨てたもんじゃないな。うめとさくらにも見せてやりたい。闇夜にさくらとうめのおそろいの、あのへの字眉が浮かんだ。

帰ろう。

家に帰って、あの狭い乱雑な部屋の、あの子たちの眠るダブルベッドの隙間に潜り込もう。

そして明日は会社を休むんだ。

家族で海へいこう。娘たちを波打ち際で遊ばせて、私は裸足になって砂の上に腰をおろし、思う存分海を眺めよう。

ママは窓に頭をもたせかけ、かすかな揺れに身を任せた。

ママを乗せたモノレールはまるで銀河の中を行く機関車のように、濃紺の夜の中をどこまでも駆け抜けた。

本書は書き下ろしです

**石田香織（いしだ・かおり）**
一九七六年兵庫県生まれ。森田雄三創作塾にて創作を学ぶ。二〇一七年「キョウスケとキョウコ」が文藝賞の最終候補作となり、斎藤美奈子氏の推薦で『きょうの日は、さようなら』と改題し、作家デビュー。著書に『哲司、あんたのような人間を世の中ではクズと呼ぶんやで』がある。本作は三作目。

# うめももさくら

二〇二〇年五月三十日　第一刷発行

著　者　石田香織
発行者　三宮博信
発行所　朝日新聞出版
〒一〇四-八〇一一　東京都中央区築地五-三-二
電話　〇三-五五四一-八八三二（編集）
〇三-五五四〇-七七九三（販売）
印刷製本　広研印刷株式会社


ISBN978-4-02-251680-0
定価はカバーに表示してあります。
落丁・乱丁の場合は弊社業務部（電話〇三-五五四〇-七八〇〇）へご連絡ください。
送料弊社負担にてお取り替えいたします。